同棲生活

Contents

推薦序——孫梓評

都市的亮面，靈魂的暗面——閱讀《同棲生活》

歷年獲得山本周五郎獎的名作眾多，比方吉本芭娜娜的《鶇》、宮部美幸的《火車》、江國香織的《游泳既不安全也不適切》，近期則有森見登美彥的《春宵苦短，少女前進吧！》或伊坂幸太郎的《Golden Slumbers》，再看看其他正選或候選名單上的作者群如萩原浩、白石一文、恩田陸、乙一、本多孝好……便可知此獎所掃瞄的半徑爲何。同樣獲此殊榮的《同棲生活》，展現吉田修一強壯的敘事能力，將幾名離開故鄉赴東京發展的年輕男女共賃一室的生活情狀，以連環結構、第一人稱口吻，輕快生動地相啣、展開。

曾在機上雜誌讀過一篇吉田修一的隨筆，口吻親切幽默，畫面鮮明生動，敘事情調有異於《公園生活》或《最後的兒子》，當然，與《惡人》亦不相同，腦中比對後倒略近於《同棲生活》，好讀，流暢，舉重若輕。儘管後來如阿川佐和子的長篇《湯歌劇》或像日劇《Last Friends》、《Love Shuffle》，皆觸及了都會男女或以「Share House」型態同居，或因緣際會發展出無直接血緣的「類家人關係」，彷彿二十一世紀的新倫理學。然而，出版於二〇〇二年的這本《同棲生活》，卻無意觸碰異性同居可能釀致的愛意漩渦，反而，撥開那些「**如飛鏢般的渴望**」，「**我們簡直乾淨到令人起疑的地步**」。

於是，在下北澤墨西哥餐廳打工的大學生杉本良介、在原宿雜貨屋當店長的業餘插畫家相馬未來、負責四谷一家獨立電影發行公司業務的伊原直輝、與偶像明星祕戀，現今無業的大垣內琴美，兩男兩女，再加上糊里糊塗被「綁架」回來，從事「夜間工作」的男孩小窪悟，便組成了一個另類的「家」。

（僞）家長的角色扮演是可移動的，（僞）手足的親密情感是可擬仿的，在動線流暢的生活表層之下，看似長得很像平假名的「ふ」的良介，潛意識暗藏對父親的孺慕與競爭心情；終日霸著客廳，痴待情人來電的小琴，其實用盡全力在對抗那個「你不痛苦，可也沒有眞正的喜悅」的自己；神祕且青春的小悟，關於童年的發言是：「**要聊也可以！反正都是虛構的**」；一副大剌剌模樣的未來，每天下班後醉倒男同志酒吧，偶爾記憶倒帶揮之不去的家暴陰影；在職場上如魚得水的直輝，私下卻坦白「所有的一切，我只做對自己有利的事」……

不曉得吉田修一是否有地圖癖，他的小說總是清楚標明電車路線與空間位址。五人位於千歲烏山站附近的兩房一廳公寓，搭京王線從新宿出發，往高尾山方向，至多二十二分鐘便可抵達。儘管生活在東京都，滿街店招璀璨繁華，人們靈魂裡的野暗與惡質卻不曾因此被永恆拭亮。日復一日的生活，隱忍、儲存著形式不一的摩擦與痛楚，好像只是預先拴好自己，不要超越那瀕危臨界，若有誰跨出更多的一步，「或許這樣的同棲關係就結束了」。

這種緊繃的平衡，放大來看，不也正是現代人生活的縮影？我們其實都在暗中迎向那失控的瞬間嗎？日文書名《パレード》（parade）如一詩意隱喻，人們既擔心自己被拒於行列之外，又欲想能自整齊行列中破格，「活出自我」。尤其在高度文明社會中，太多觀眾缺席的內心戲碼，更加容易流於精神病癥吧。

在故事的發展中，吉田修一亦不受限於第一人稱觀點，巧妙透過每一個不同的「我」折射出「他人」。像攤子上相疊而售的異色布匹，遮掩一些，披露一些，我們先聆聽了每位主角口中的自白，繼而讀見他人對「我」的詮釋。在每一次的傾耳與誤讀之間，行列前進著，發展出Multiverse。

吉田修一曾接受採訪，談閱讀經驗，令我稍感意外的是，他被問及推薦書目，提到了葡萄牙詩人佩索亞的《惶然錄》與《佩索亞詩選》。而對他的寫作影響頗鉅的一冊，居然是《波特萊爾詩集》。

我想，這應該可以解釋何以《同棲生活》不僅僅是一個好讀的故事。除了藉由高明的人物塑造，使眾人的困境活靈活現，在個體所遭遇的艱難之外，吉田修一也有意拋出他的質疑與辯證：

「爲了在這裡活得開心，就只好扮演最適合這裡的自我。」因此，「在這裡生活的我，是一個我所創造出來的『這屋子專屬的我』。」假如，眞正的我並不存在，那麼，這棟住了五個人的公寓只是一個意義上的「空屋」；弔詭的是，唯有保持這類形而上的空缺，每個人方能繼續寄宿於此。

說到底，吉田修一眞正關注的，是自我的存在，與身分。

人我之間總存有一張「臉」，當面對他人時，便成爲永遠脫不掉的「假面」（persona）。面具之下，縱使有著好深好深的孤獨，卻還是只能謹守行列之間的安全距離，在同一時空（公寓？地球？）中，進行一次無誤差的同棲。

遠方，若有造物者在俯視著，等待哪一個不安的靈魂，又擦傷了誰……

工作空檔，偶爾我會從桌上起身，離開那些向我拋擲而來的訊息，起身到茶水間倒水。走廊盡頭有一扇窗，鑲嵌城市景物：摩天輪、高樓、街道，遠一點是山，河流與車流平行。邊喝著無滋味的水，邊望向一具具移動中的車體，總在那樣漠然的時刻，我想起《同棲生活》的開場：

「眞是不可思議的光景。從四樓的陽台往下望，眼下就是舊甲州街道，儘管一天有好幾千輛車子經過，卻不曾有任何車輛發生車禍。」

唯當眼睛一閉，在都市的亮面、靈魂的暗面，緊急剎車聲響便倏然從窗玻璃外側，巨大地傳來。

本文作者

孫梓評：一九七六年出生於南方高雄。著有：短篇小說集《星星遊樂場》、長篇小說《男身》、散文集《甜鋼琴》、詩集《你不在那兒》等。

杉本良介

21歲，H大學經濟系三年級

現在，下北澤墨西哥餐廳打工中

1-1

眞是不可思議的光景。從四樓的陽台往下望，眼下就是舊甲州街道，儘管一天有好幾千輛車子經過，卻不曾有任何車輛發生車禍。陽台下方正好是人行穿越道，一旦號誌燈轉紅，駛近停止線的車子便自動停下來。緊跟在後的車子也計算好距離，在不撞到前一輛車的位置上停住，後面跟上來的車子也隔著同樣間距停下來。然後號誌燈轉綠，最前面的車子慢慢啓動，第二、三輛車保持安全距離，拉得長長地尾隨駛離。

當然我自己開車的時候，前輛車一停下來我也會踩煞車，而且就算號誌燈變綠了，前輛車沒開動之前我也絕不會踩油門。以前一直以爲這是理所當然的，自然不可能發生車禍，直到這樣從正上方往下眺望，看到車輛如此井然有序移動，才不由得覺得我以前的想法很不可思議。

晴朗的星期天午後，問我爲何要這樣從陽台往下看風景，原因只有一個，就是太無聊了。

這種無聊，該怎麼形容呢？時間不像是一直線，而是兩端接起來打了結的環，彷彿剛剛才過了的時間從頭再來一次。也許人家所說的毫無眞實感就是這種感覺吧！譬如說，現在我打算從這陽台跳下去，當然這裡是四樓，運氣好的話頂多骨折，運氣不好的話，當場斃命。只不過，若是待在環狀的時空裡，即使第一次跳樓身亡，還有第二次機會；經歷過第一次的死亡，第二次還能試試輕度扭傷就了結的跳法。到了第三次，說不定因爲厭倦了跳樓，連欄杆都懶得跨出去。然而不跳下去，就不會有任何變化。一旦沒有任何變化，又得在原來無聊的時空中等待。

這麼晴朗的星期天，倒也不是什麼事都不想做。雖然這麼說，但你問我想做什麼？我還眞不知該怎麼回答！譬如，在一個從來沒去過的地方，和從未謀面的陌生人，以平常說不出口的直率口氣交談。即使對方不是可愛的女孩也無所謂。又譬如，和夏目漱石《心》一書中的老師和K一起談論人生、煩惱和所愛。只不過，若是對方搞自殺就麻煩了，所以還是找個沒大腦的人比較好。

我離開了原本趴俯著的陽台欄杆，起身回到房內，踩過亂堆成一團的被子，進到客廳。

小琴坐在客廳裡，背對著我正專心看著《秀逗小護士》重播。她身上穿著充當睡衣的連身T恤，正在修剪髮尾。可能感覺到我走過她的背後吧，她不屑地笑說「學校一放假，你這大學生就沒事幹啦」，令我忍不住想把一旁的穿衣鏡搬到小琴面前，即使因此看見自己滿臉油膩的樣子也無所謂。

「我現在要去便利商店，你有沒有要買什麼？」

我確認著錢包中的錢，隨口問道。小琴抓著髮尾回過頭來。「去便利商店？做什麼？」

「不做什麼……站著看雜誌。」我答道。本以爲她會取笑我「你眞閒哪」，沒想到她只是喃喃說道：「站著看雜誌啊！那我也一起去吧……」

「還是不要吧！」

「爲什麼？」

「你也來的話，我會不好意思拿我要看的雜誌啦！」

「你打算看什麼？」

這時，電視畫面出現了雜訊。穿著超短護士服、提著點滴在走廊上衝撞的觀月亞里莎被吞沒在花白的畫面中。最近，這台電視老是出狀況。「該換部新的吧！」似乎連電視機本身也想這麼說。

小琴站起來用力敲了敲電視。電視機好像感到痛似的，畫面整個歪斜，在小琴的三記右勾拳下才恢復正常。

「挺行的嘛！」

「啊？」

「沒什麼，我覺得你挺會修理的！」

「修電視啊？這有技巧的。」

小琴說完，又坐回地板開始修髮尾。

「對了，良介最喜歡的連續劇前三名是什麼？」

「之前你不是問過了嗎？」

我盯著還在走廊上衝撞的觀月亞里莎回答。

「之前問的是『月九』（星期一晚上九點）檔的連續劇。這次是ＴＢＳ星期五十點檔……先說我自己吧！《危險男女》、《跟我說愛我》……還有一齣不是很確定，應該是《高校教師》或是《人間失格》吧……」

觀月亞里莎換上便服之後，我走向玄關。背後傳來小琴的叫聲：「喂，你還沒回答我！」從便利超商回來後，她鐵定還是要我回答，只好問：「《大學青春物語》（ふぞろいの林檎たち）是週五十點檔嗎？」她回答：「沒錯。」於是我站在玄關說：「那就《大學青春物語》一、二、三部曲吧！」一出門立刻想到，應該先問清楚修理電視雜訊的技巧，有點想回頭，又想到「不對、不對，現在最好是電視機故障」，於是往走廊走。

小琴沒搞清楚，大學現在不是放春假，而是如火如荼的期中考週。每晚《News 23》一播出便鑽進被窩睡美容覺的小琴大概不知道吧！這幾個星期我每天埋頭在客廳餐桌上，把「顯示市場一致後的匯率變動曲線」畫成龍型圖，還在日法字典上畫了一堆塗鴉漫畫。

我平時開車到大學上課。聽起來好像很拉風，可是從來沒有女孩很高興地在約會場所靠近我的車子。這輛以七萬日圓買下的中古March是我剛進大學時買的。我還立刻買了一本姓名學，將車子命名為「桃子」。杉本桃子——總筆畫二十五，吉，「擁有勢如破竹的性格，特立獨行。優點是不讓人討厭，孝順忠厚，對長輩有禮。只不過，在健康上容易犯支氣管方面的毛病」……這樣的徵兆在買進來的第三天便顯現出來。每開十公里左右，桃子的引擎一定熄火。

從千歲烏山前往位於市之谷的大學，十公里的地點正好在新宿車站前。我曾有過大白天在ALTA[1]前人行道上引擎熄火的慘痛經驗。車鑰匙轉了好幾次，特立獨行的桃子就是一動也不動。不久號誌燈轉綠，背後傳來歇斯底里的喇叭聲。沒辦法，只好下車，單手握著方向盤使勁推起車來。儘管只值七萬日圓，桃子的重量卻不輕。我拚命把車子推至哈都巴士停車處，一旁等紅燈的人都看著我笑。不過這社會倒也不都是混蛋，正當我推得面紅耳赤，車子忽然變輕了，轉頭一看，兩個平常不會想招惹的黑道兄弟正幫忙推著桃子的屁股。

「喂，快坐進去踩煞車！要撞上了！」

穿黑長褲紅背心的兄弟這麼對我說。我連忙跳進駕駛座，在撞上護欄的前一刻，總算護住桃子的顏面。從車窗探頭出去想說聲謝謝，黑道兄弟已穿過人行道，準備跨越ALTA前的護欄。我大喊一聲「多謝啦」，聲音卻隱沒在新宿車站前的噪音中。他們倆頭也不回，魁梧的身影消失在往歌舞伎町的方向。兩人看來像是埼玉市或是千葉流山市的小伙子。每當車子出問題時，不知從哪兒冒出來伸出援手的，往往是像他們這樣的年輕人。

正因爲如此，每次開桃子出門時，我總是小心地跑個九公里便停車休息，然後再開下一個九公里。當然也從沒開著桃子出過遠門。我擁有私家轎車，行動範圍卻

1 新宿車站東口正對面，有電子看板的百貨大樓，一向是人們約會的定點。

意外狹小。

由於大學沒有停車場，車子勢必要停在河堤邊上。如果運氣不好，停到禁止停車區，便可能慘遭拖吊。不過，和其他學生的車子不同，我的桃子從沒被拖吊過。爲什麼？因爲河堤邊有家名叫「盧夫朗」的咖啡店，店主一看警察開始巡邏，就會把桃子開進「盧夫朗」的停車場。至於店主爲何要這麼做？因爲把這輛有如千金大小姐、沒跑一會兒就毫不客氣要年輕人推著屁股走的桃子賣給我的，就是他。

三天前考「貿易論」時，店主就幫我看著桃子。考試後意外碰到許久沒見的同級好友佐久間，他一直嚷著想見小琴。

佐久間可說是我在大學唯一交到的好友，入學典禮在武道館舉行時，他就坐我旁邊。仔細想想，我在東京的生活全靠佐久間的指導。例如怎麼搭電車（我的家鄉沒有電車）、如何穿著打扮（當然只學會休閒的打扮）、哪裡有超炫的酒吧、找時薪不錯的打工機會……統統是他教我的。不過，也不是什麼事都靠他。剛進大學不久，經常和佐久間一起搭山手線回住處。當時我剛到東京，一直很好奇電車上的一個現象。

「喂，剛剛那些人要去哪裡啊？」

我緊抓著吊環追問佐久間，在疾馳的電車中不停往其他車廂移動的人究竟要到哪兒去？現在我當然知道，他們是往離自己下車車站出口最近的車廂移動，但當時我壓根兒沒想到世上居然有如此合理的答案。

「剛剛哪些人？」

佐久間沒聽懂問題的重點，而原以爲「該不會是某車廂有廁所吧」的我，自然而然便這麼問他。最後，他終於弄清楚我想問什麼，點點頭說：「啊，那些人呀！不是去廁所！是去吃自助餐，自助餐啦！」

假使當時佐久間回答「電車上有餐車」，就算心裡懷疑，也不覺得山手線列車上有賣飲料、報紙之類的車廂有什麼奇怪。在那之後我爲了找出那節夢幻餐車，不知在山手線列車中來回探查過多少次。不過我不甘心被佐久間耍得團團轉，所以到現在也沒對他說過。

三天前「貿易論」考完後，我和佐久間打算去撞球場，走出校園來到飯田橋的儂特利。

「你那裡，大家都好嗎？」

佐久間的嘴裡塞滿吉士漢堡問。勸過他好幾次，他還是習慣盤腿坐在餐廳的椅子上。

「大家是指誰？」我故意逗他。

「就大家啊！」佐久間提高嗓門說。

「我是說大家當中最想問的是哪一個啊？」

真是的，連我都討厭自己這種性格。佐久間回答「沒事」，硬是將滿嘴的吉士漢堡配著濃甜的香草奶昔吞下去。

佐久間所說的「你那裡，大家」，指的是我目前在千歲烏山兩房一廳公寓中的同居室友。個性乖僻的我，想逼佐久間吐露出的那個名字，就是剛才邊看《秀逗小護士》邊修剪分叉髮尾的大垣內琴美，我們都叫她「小琴」。

「不是我要潑你冷水，你還是放棄小琴比較好。」

伸手拿起佐久間吃剩的炸薯條，不由自主地再勸他一次。

「我只不過在等她和男朋友分手，又沒礙到誰。」

佐久間又喝起奶昔，但只聽到嘶嘶聲，感覺吸管並沒吸起任何東西。

小琴有男朋友。不，是她本人覺得有（她的戀愛談得若有似無，所以佐久間這麼單純的男人才迷戀上她）。小琴可不只是個美女，還是個絕世美人。這不是我個人的看法，眼前就有個活生生的例子，可想見很多男人也認同這一點。這個絕世美人一天到晚穿著一件睡覺穿的連身長衫，被幽禁在千歲烏山的公寓中。幽禁她的是念短大時期交往的男友，現在剛冒出頭的年輕演員丸山友彥（正在富士電視台最新強檔的戀愛偶像劇裡，扮演從模特兒成爲人氣女星的江倉涼的年輕戀人）。小琴除了修剪分叉髮尾，做些可愛的糕點，從早到晚都窩在客廳，焦躁地等待男友不定期打來的電話。

「喂，今晚去你那裡玩好嗎？」

走出儂特利往撞球場途中，佐久間若無其事地問道。我笑說：「好啊。可是，你還沒嘗夠教訓嗎？」

「哪是，我又沒要向她告白！」

「啊——還想再來一次嗎？」

「我都說了，不會了。」

「之前的事，已經忘了嗎？」

「當然記得。不過，你覺得那樣是不是不夠直接……」

佐久間有點不好意思地問，跨越護欄卻猛地撞到小腿。

「哪會啊……當著她的面說：『我喜歡你，小琴。每天都在想你，想得好辛苦。』這還不夠直接嗎……」

「對我來說，還不夠。」

「那之後爲什麼被小琴數落？」

「不記得了。」

「要我提醒你嗎？」

「不要吧！」

佐久間在我們客廳發表那場一生一世的告白時，小琴一直低著頭傾聽。至少從我們旁觀者角度看來，她是很認眞在聽。只不過，那時浴室正好傳來另一個室友相馬未來的叫聲。「琴！我先進去洗嘍！」小琴只好大喊回答：「等一下，就快說完了啦。」

就算佐久間再怎麼沒大腦，那一夜自然是垂頭喪氣地回家。身爲佐久間唯一的好友，我深表同情地向小琴抗議：「就算是本能的反應，你剛剛的態度也太過分了吧。」順便提一下，所謂的本能就是無意識的意思，這是相馬看過漫畫版《佛洛伊德精神分析論》帶頭開始用的字眼，當時只在我們之間流行。

1-2

偶爾我趁做曲膝運動的時候順便把雜誌看個夠。該看的全看完了，連女性雜誌也拿起來翻閱，也因此我才有機會在《柯夢波丹》上讀到一則丸山友彥的報導，決定買回去送給小琴。丸山在報導中表示：「大概是占有欲太強吧！我老想和喜歡的女孩一直在一起。」儘管有個占有欲超強的男友，小琴還是每天忠實地收看重播的《秀逗小護士》。

便利商店就在我們公寓對面。我出了店門，等兩邊都沒來車時穿越馬路。走進公寓大門，電梯正在定期保養，只好爬防火梯。來到二樓的樓梯間，聽到上面傳來啜泣聲。

爲了讓對方知道有人上樓，我故意弄出腳步聲，甚至哼著歌爬樓梯。在轉往四樓的樓梯間，看見一個穿制服的高中女生，雙腳呈內八字的姿勢坐著。站在樓梯間，我的視線正好對上她用手帕遮住的臉，我本想直接走過，但樓梯實在太窄了。不話雖如此，我又不願像上次那樣，好心出聲詢問卻給一聲「別管我啦」罵回來。不過，今天遇上的這個女孩和幾天前那個不一樣，她的裙襬既不過短，也沒染髮。

所以我還是先出聲打破僵局。

「嗯，不好意思。」

我先說「嗯，不好意思」，這樣後面要接「請借過！」或是「你沒事吧？」都可以。

女孩搗著手帕迅速抬起頭來，驚訝地看著我，慌慌張張從樓梯上站起來。這時，她膝上的書包掉了下來，滾到我的腳邊。我撿起書包，小心翼翼問道：「發生什麼事了嗎？」女孩搶回書包說「沒什麼」，打算推開我跑下樓梯。我一把抓住她的手腕。也許抓得太緊，女孩想要掙脫的手腕頓失力氣。

「上次我也在這裡遇見過一個像你一樣在哭的女孩……你也來找402號的房客嗎？我就住在隔壁401號房。」

說出402號房的瞬間，我看出女孩的臉上露出一絲緊張。我窺探著那張臉問道：「嗯，如果你有需要的話，我們不妨談一談……」

淚水濡濕的睫毛顯得分外修長。我慢慢鬆開握緊的手腕，女孩小聲說：「不用了。」

「可、可是……」

面對我難得的窮追不捨，女孩沉著回答：「眞的不用了。沒辦法，是我自己想來的。」隨即衝下狹窄的防火梯，快得連制服的裙襬都翻飛起來。正要追下去的時候，想起之前遭人回絕了一句「別管我」，腳便僵住了，無法動彈。

回到毫無生氣的房間。小琴似乎已剪膩了髮尾，這回照鏡子拚命拔眉毛。

「小琴，我又看到了！」

「看到了什麼？」

回過頭來的小琴，左右眉一看就知道粗細不同。

「就是４０２號房……」

「老頭？年輕女子？」

「年輕女子。其實還是個高中女生，就坐在樓梯上哭。」

「嗯……有哭著回家的女孩，也有蹦蹦跳跳跑回去的女孩，眞是什麼樣的人都有啊！」

「虧你說得這麼輕鬆。隔壁從事的是色情行業耶！」

「還不能確定不是嗎？」

「可是，只住了個奇怪的中年男子，進進出出的不是一副金主模樣的歐吉桑，就是A到錢似的年輕女孩。除了搞色情外還能做什麼？」

「可是我碰到的女孩都很有禮貌地說謝謝。出賣肉體的女孩會很有禮貌地說謝謝嗎？我看一定在搞什麼神祕宗教。最好別管閒事，萬一是奧姆眞理教就慘了！」

走到廚房打開冰箱，裡面有玻璃瓶裝的冰茶。

「小琴，這是你泡的嗎？我可以喝點嗎？」

我一邊問，順手把茶水倒入玻璃杯。

「啊，千萬別喝。那是直輝的茶，不是我泡的。他今天一早特別煮的茉莉花茶！」

茶是同居室友伊原直輝的，知道之後我立刻把瓶子放回去。直輝對他的東西還剩下多少瞭若指掌，甚至在瓶子上做記號。

「對於402號房的事，直輝有說什麼嗎？」

我從廚房問道。背對著我繼續拔眉毛的小琴回答：「有啊！他說『在那裡進出的八成是外國偷渡客，在管理公司祕密地集體生活吧』。」

「偷渡客啊……」

我喃喃地說，在玻璃杯中倒入沒氣的可樂。

我爲何在這裡過這樣的同居生活呢！眞是一言難盡，也懶得多解釋。從以前就有很多人問過我，包括學校的朋友在內。只不過，我愈想解釋清楚，就愈覺得扯不清。之前，也曾拿同樣的問題問小琴：「小琴，你爲何在這裡跟大家一起生活呢？」小琴的回答極簡單：「因爲丸山必須住在公司的宿舍，我們不能在一起生活！」總之，小琴的標準答案永遠只有「和丸山友彥一起住」和「不是」兩種。

這間公寓的格局，一進門的右手邊是廁所，通道往前走兩步左手邊有廚房，空間比套房式的小廚房大多了。廚房旁有拉門，裡面一間四坪的和室是男生房，我和直輝同住。房裡的高腳床是直輝睡，我則在榻榻米上打地鋪。雖然也有書桌，但大家都拿來當燙衣板用，最近則凌亂放著噴霧式漿糊或噴劑等取代了教科書。打開男生房的落地窗，外面有陽台，雖然面積不小，但裝飾用的盆栽、木板架占去不少空間。

回到廚房，打開開關不易的玻璃門，裡面是六坪大的客廳。南面是整片窗，外面緊臨舊甲州街道，多少有些噪音傳進來，不過日照良好，小琴的內褲吊在這裡，一小時就乾了。小琴幾乎一整天都在這裡度過。照理說，隨身帶著手機，待在哪裡也沒關係，她卻表示「待在客廳最常接到丸山的電話」，所以不敢離開半步（我認爲，一整天待在那裡，和接電話的頻率根本毫無關係）。客廳擺了一套俗不可耐的淡紫色合成皮沙發和玻璃茶几。

客廳前面是一間西式五坪大的女生房，倒也不禁止男生進入，所以大家要喝酒時，最常跑到這裡來，未來還不避忌地躺著喝呢！女生房有張未來使用的雙人床，小琴和我一樣打地鋪。這兩房一廳的公寓就是我們四人生活的地方。

我在客廳喝光了沒氣的可樂後，想起便利商店買的《柯夢波丹》，拿出來給還在拔眉毛的小琴。「這個給你。」小琴好像已經買了這本雜誌，不太起勁地翻看。「啊，對了。剛剛有個叫梅崎的人打電話來。」

「梅崎學長找我？說了什麼嗎？」

「唔……好像要問你『去不去旅行』什麼的。」

社團的前學長梅崎曾經邀我下週末去伊豆高原。由於原先預定一起去的情侶檔朋友臨時取消，他找不到其他人，所以打電話給我，要我「帶女朋友來吧」。

我問歪著頭拔眉毛的小琴：「下週末有空嗎？」她的回答完全如我預料，「如果丸山沒打電話來的話」。

「什麼時候知道？」

「什麼時候，就下週末嘍！」

「那要過了下個星期六、星期天晚上十二點前才知道嗎？」

「大概……吧！」

「眞服了你，每天這麼心平氣和等男朋友的電話。要是我，一定覺得人生都白過了。」

我也不是非帶小琴去伊豆高原不可。只不過，再不提醒她，她的眉毛就快拔光了。

「你說的，我其實都想過。」

「喔，你有在想啊？」

「當然啦！總不能一整天在這裡乾等不知道會不會打來的電話。」

「就是嘛！我很意外，你居然這麼冷靜。」

「我？當然嘍！」

我心想，冷靜得好恐怖啊！早就拋棄的女人，卻一直在等自己打電話給她。而且還這麼冷靜地拔眉毛……

「那，你不去嗎？」

「去哪兒？」

「剛才那通電話啊，梅崎學長邀我們下週末一起去伊豆高原。」

「喂，我見過那個人嗎？電話裡他竟然說『好久不見』，感覺有點唐突。」

「就前些日子扛洗衣機來給我的那個學長。」

「哦……那個有點斯文的大哥。」

「沒錯。下週末，要不要和那個有點斯文的大哥一起去伊豆高原？」

「高原？去高原做什麼？」

「嗯……打網球？」

「和有點斯文的大哥，到高原、打網球？」

「是啊！想去嗎？」

「你覺得我想去嗎？」

「不覺得。」

小琴沒理我，又開始拔起眉毛，似乎想把左右眉毛的粗細調到一樣。我放棄再邀她，把白買了的《柯夢波丹》捲起來，從沙發上站起來，問道：「陽台上有曬衣服嗎？」

「應該沒有吧……你要洗衣服？」

「嗯。有什麼要洗的嗎？」

「有有。」

這麼說完，小琴手握著拔毛夾，快步衝進廁所，然後把捏成一團的馬桶坐墊丟向正要走進房間的我。

「啊，對了，別加什麼柔衣精，好嗎？」

我乖乖收下馬桶坐墊，走進男生房關上門，想也沒想就把坐墊往牆上扔過去。

1-3

看著洗衣槽裡污濁的水流，粉紅色馬桶坐墊混雜在自己的內褲、襯衫之間載浮載沉，不由得想起眞也的事。

一個月前，中學時代的同學、高中時同屬籃球隊的悅子打電話來說：「啊，對了，你知道嗎？眞也死了。」悅子這通電話的開場白，原本是邀我和同屬籃球隊的典子、理佐一起來東京參加這次「迪士尼海洋世界」的開幕。大家很久沒見了，碰個面吧！順便聊了一下近況。然後她又說：「等日期決定了再聯絡。」就要掛電話的時候，她嘴裡突然蹦出「啊，對了……」這句眞也的死訊。據悅子的說法，眞也是騎單車出事死的，悅子說這話的方式不是很唐突，彷彿只是說「隔壁鄰居家蓋了圍牆」。當時我的腦袋一片空白，只「哦」了一聲。悅子數落我：「你很不關心朋友耶！」我也只能回應：「是吧！」

眞也是中學的同學。我認爲任何學校都一樣，中學男生大致可分爲四大類。首先是坐在教室最前面、頭腦靈光的優等生；其次是成天上課打瞌睡的體育健將（我大概屬於這一類）；還有經常聚在教室走廊上討論次文化或科學的狂熱分子，一到下課時間就興高采烈談李小龍或職業摔角手之類的話題；最後是霸著日照良好窗台邊的不良少年，眞也他們那群就是。

其實在學校，我和眞也從不曾有過愉快的對話。只是，彼此都很迷飯島直子，他還強迫我買下他的飯島直子寫眞集。

偶爾在鬧街上瞧見穿便服的眞也，但怎麼看都無法和背書包的他聯想在一起，眞要形容起來，倒像個剛完成任務的黑幫小卒仔。

這樣的眞也冷不防在國三暑假剛結束時打電話到我家。「喂，好嗎？」我心想，幹麼問好，白天不是才在教室裡見過面嗎？但還是回答說：「啊，好呀！」那一瞬間腦海裡倏地浮現：「不會有什麼事犯到他了吧？就像電視上播的校園劇，不會被叫去附近的河堤吧？」自編自導扮演起備受欺侮的學生角色。

「你，今天有空嗎？」眞也說，有點難爲情的語氣。

「你……要做什麼？」

我還在假想就要被叫出去毒打一頓，搶先回答。

「沒什麼啦，有空的話，要不要來我家玩……」

儘管眞也親口說出「要不要來玩」，但並沒打動我。說不定「來玩」是混不良少年的黑話。聽我吞吞吐吐說不出話來，眞也馬上說「其實，我也不知該怎麼說……你現在在準備聯考吧？」

「啊，嗯。算是吧！」

總算回到中學生談論的話題，暫時安心地回答。雖然不清楚眞也打這通電話的目的，但應該不像是要把我叫出去修理。由於眞也一再表示「有空的話，就來玩吧」，我想想也沒什麼理由拒絕，回答「知道了」便掛上電話，騎腳踏車往他家去。

來到眞也的房間，令我驚訝的是桌上擺了草莓蛋糕和紅茶，看起來像是特地爲我準備的，但坐在桌前的眞也面無表情。尷尬的沉默持續了一會兒，從眞也口中說出的話，比草莓蛋糕還令我吃驚。「可以教我念書嗎？」眞也的確這麼說。無論問多少次，他的回答都是「所以希望你教我呀！」、「教我怎麼用功！」、「不是說了嗎，要你教嘛！」語氣愈來愈粗魯，但意思不變。眞也說，他想考上高中，還說沒其他人能拜託了。

從那天起，每星期總有幾天，我一下了課就往眞也家跑。由於他再三叮嚀「絕對不可以跟其他臭小子說」，我到他家的事一直瞞著同班同學，連籃球社團的夥伴都謠傳我交了女朋友，還加油添醋渲染「那女孩是鄰鎭中學的學生，好像長得超醜的」。

說實在，我根本無心教眞也念書，也沒有教的實力。儘管如此，我還是勤跑眞也家，因爲他本人不像外表那樣壞，何況我們倆都是飯島直子迷，愈聊愈覺得彼此很合得來。每次眞也邀我，我總是興匆匆到他家去，即使他父母從樓下臭罵「吵死人了」，我們倆還是盡情聊些八卦，根本不想碰桌上堆積如山的參考書。有時他沒請我，我也大剌剌闖進他的房間，說些無聊的屁話，眞也依然愉快地哈哈大笑。當時我完全沒想到他是那麼認眞思考自己的未來。天性善良、不與人交惡的個性害了他，其實那時候他多麼想要扭轉自己落後於人的人生啊！當時的我是家小壽司店老闆的兒子，一個單純、身心健康的中學生，根本想像不到自己身旁有人正處於絕望中。

結果，眞也自覺「就算去考，也沒希望」，因而沒向想念的學校提交志願表。雖然我一再對他說「就去考考看嘛」，可是，連我這個當家教的也沒把握能順利升學，所以也不覺得他這個學生考得上。

其實眞也並不笨。我認爲，如果其他同學不在家用功、也不上補習班，只在學校上完課就考試，說不定他的成績還比別人更好。可惜，世界沒這麼單純。就如同龜兔賽跑，並不是烏龜老實才贏過兔子，而是烏龜默默努力的樣子沒讓兔子瞧見才獲勝的。

中學一畢業，我和眞也亦斷了往來。由於一直保密到家，在旁人看來，我們之間的關係沒有任何改變。

最後一次見到眞也，是高中畢業典禮的前一週（我好歹也進了高中），偶然在公車上相遇。久別重逢，兩人聊了一會兒。我說：「下個月，我要去東京了。」眞也有點羨慕地表示：「嘿……好厲害呀！東京的大學生耶！」就在我站起來準備下車、往車門方向走的時候，他猛然想起什麼似的停下腳步：「喂，在東京要努力喲……我大概只能這樣混混小流氓，所以你在東京要連我的份一起努力。」

悅子在電話中告知眞也死訊的這一個月，每晚要入睡時，腦海裡總掠過未曾見過的車禍場景。眞也騎腳踏車馳騁在一條筆直的道路上，也許他是爲了避開道路上的障礙物而失去平衡吧！可是，他總知道要調整騎乘的姿勢吧！即使摔倒了，也不至於受傷致死吧！眞也不但有運動細胞、人長得又帥。若是短距離賽跑，他跑得比田徑隊的傢伙還快，連老處女音樂老師都說他長得像詹姆斯．狄恩。

我想起在巴士見到眞也的那最後一幕，他帶著抱歉的神色提起：「我啊，以前曾經唬弄過你父親！」

「記得我們家前面有棟大房子、住著一戶姓柳川的有錢人家嗎？大概是小學的時候吧！我和幾個朋友打電話到你家，假裝說『這裡是三丁目的柳川家，請立刻送四人份最高級的握壽司來』。那天下著傾盆大雨，你父親騎腳踏車迎著風雨出門，雨衣都濕透了。雨水打在臉上很痛似的，你父親騎上我家門前斜坡時的表情怪異透了，我們幾個人從窗簾縫隙中遠遠看到你父親那副模樣，忍不住哈哈大笑。那時候，我們都還是小鬼頭，一點也不覺得自己的行爲惡劣，只覺得他滿臉濕透的表情好可笑。你父親在柳川家門前停下腳踏車，彎腰鑽進廚房後門。我們等著看他出來時的表情。不知過了多久，大概只有一會兒吧，你父親不停鞠躬低頭，又從廚房後門鑽出來。我們以爲他知道是惡作劇的電話、就要滿肚子氣地回家去，哪知道你父親卻在傾盆大雨中查看起附近的門牌，想看看附近是不是還有一戶『柳川』家。他全身濕透，挨家挨戶走去確認門牌。起初我們還笑得很開心，看著你父親在附近轉了一圈回到腳踏車前，又跟著轉進別的小巷弄，但過了一會兒，再也沒人看得下去。大家都沒說什麼，很有默契地離開窗邊，坐到暖爐桌旁，開始聊些無厘頭的話，讓自己不去想窗外的事。眞不知你父親後來究竟找了多久？那是個很冷的天耶！」

要到東京上大學時，父親他親自送我這個有點緊張的兒子到機場。那時他叮嚀說：「也許你嫌我有點老古板，不過上了大學，你一定要找個品性好、值得一輩子來往、值得尊敬的學長。」

「才不要哩！聽起來一輩子像個跑腿的。」我笑著說。但父親輕敲了一下我的頭說：「笨蛋！受到好學長照顧的傢伙，才能獲得好學弟的景仰。」

梅崎學長把洗衣機送來的時候，我還挑剔：「既然要送，就送我好一點的嘛！」學長還是以他一貫的笑容表示：「免費送你還專程用卡車載運到家，就別說這種話了。」

為了排水順利，陽台地板有向排水口方向傾斜的設計，梅崎學長免費送來的這台雙槽式洗衣機，只要一開始脫水，整部機器便轟隆隆地從陽台的一邊震到另一邊，脫水快結束時，洗衣機更像是想掙脫項圈逃跑的小狗，把電線扯得筆直。

最近，常想找個人談談眞也。談他是一個怎樣的人、潛藏的潛能……談他怎樣生活、如何離開這個世界……那天他在巴士上，究竟要向我說些什麼呢……非常想和某人認眞地聊一聊。只不過，現在的我沒有聊這種事的對象，即使是佐久間這樣的好朋友也沒辦法。每當聊得起勁，他總是敷衍地說「走！去打保齡球吧」，就這樣不了了之。要他嚴肅傾聽、認眞提供一點意見的話，就擺出很臭屁的模樣，而我又不想在小琴、未來、直輝等室友面前流露出如此多愁善感的一面。我覺得，正因爲我們不把這種事帶進共同生活裡，彼此的關係才能夠維持下去。我們通常只是隨便聊聊，不談任何有負擔的話，才能夠如此和睦生活在一起。

等待衣服洗好的期間，我從陽台俯望街道。不知剛剛是否心事太多，這才發覺公寓前停了一輛漆黑的水星轎車。天色已暗，在街燈的反射下，黑色車體有如昆蟲甲殼般耀眼。回過頭，渾然不覺洗衣機的脫水已經結束。

聽到玄關方向傳來腳步聲，手提便當的小琴臉上毫無血色地走進男生房。

「怎麼了？發生了什麼事？」

我不知爲何把剛從脫水槽中取出的褲子遞給小琴。小琴慌慌張張地一把接下那件褲子，語氣顫抖地說：「來、來了！隔壁，那、那個人來了。」

「那個人？誰啊？」

「就是那個經常出現在電視上的……」

「究竟是誰嘛？」

「我不知道名字啦！可是，應該是靜岡還是哪裡的議員，經常在電視節目上亮相，我很討厭的那個像前總理大臣的跟班、笑起來很奸詐的……」

「誰嘛？」

「我也不知道他的名字啊！就是那個長得很像橫山諾克[2]的……」

「野口良夫？」

「對、對！他來了，就在隔壁的402號房。」

爲了讓緊張過度的小琴冷靜下來，我扶著手上還拎著濕褲子的小琴，示意她往客廳走。讓她喝了口水聽完她的描述後，才知道她從車站買好便當回來，走出電梯、經過走廊時，402號的房門突然打開，裡面出現一個貌似野口良夫的男人。

我想起那輛停在公寓前的黑色轎車，自從橫山諾克事件以來再也無法吃章魚的小琴，若因此變得更敏感，那該如何是好？「眞的是野口良夫嗎？」我難以置信，但小琴渾身發抖說：「我不會看錯的！」還嘆氣表示：「我們報警吧！一想到那樣的色情狂就在隔壁，和年輕女孩搞那種事，就覺得心情惡劣、睡不著覺。」

「等等！你之前不是說，隔壁不會是應召站，而是在搞宗教活動？還說向警方通報固然好，可是最後一定會查到我們這裡，如果管理公司發現了，一定趕我們出去，所以姑且把這棟公寓看成是新婚夫婦住的……」

「什麼新婚夫婦住的小公寓嘛，根本是色情八爪魚出沒的地方……」

歇斯底里吼完之後，小琴似乎也覺得自己的說法很可笑，緊繃的表情稍微緩和

2 橫山諾克原為搞笑藝人，以其禿頭著稱。後當選參議員、進入政界，九五年當選大阪府知事，競選連任時傳出對女大學生性騷擾事件而下台。

下來。

小琴不是因爲隔壁在從事色情交易而感覺噁心，而是隔壁來了色情八爪魚。

她丟下一句「沒胃口了」，便把特地買來的薑燒肉便當交給我。順便解釋一下什麼是薑燒肉便當（「Karasu」）：這是站前便當店最物美價廉的商品，「Kara」是「油炸」的意思，「su」有方言的意味，是「薑燒」的意思。總之，這種便當放了兩種食材，只賣五百八十圓，物超所值，而且薑燒肉的調味非常棒，通常一過晚上八點就賣光了。

1-4

我究竟是怎麼了？自伊豆高原回來以後，心頭悶得快窒息了。若要追溯原因，都要怪小琴最後沒去。要不是小琴，就不會發生這種事。不過，從一開始就知道她會拒絕伊豆高原之行，梅崎學長也講明了是攜伴的約會旅行，我卻一個人參加，所以最差勁的還是我自己。當然在電話裡，我也以「沒有伴，不去了」拒絕過一次，心地善良的梅崎學長卻說「那就一個人來吧！反正訂了四人房，現在臨時要找也找不到能一起去的人了」。

儘管如此，識趣的人還是會拒絕說「不了，怕打擾你們」，我卻若無其事地說「是嗎？反正我有空，那就去吧」！

我們坐梅崎學長的車前往伊豆。學長表示到家裡接我太麻煩，所以我特地開著桃子到西國分寺，停放在學長家的車庫，再換乘學長的PAJERO。學長的PAJERO當然不會行駛十公里就拋錨。

同行的學長女友貴和子前一晚便留宿在學長家。我和平常一樣，在學長的公寓大樓前停下桃子，按了幾聲喇叭當暗號，通常學長便會在陽台上露臉，但今天露臉的卻是貴和子。她壓著風吹亂的頭髮，露出彷若在蔬果店張望有沒有馬鈴薯的表情，俯瞰我在哪裡。我從車窗探出頭來，點頭打招呼，貴和子吃了一驚，慌忙回禮。不管是誰，突然見到馬鈴薯探頭打招呼，不吃驚才怪！她不時轉頭朝屋裡說話，似乎是商量要招待我進房，還是要我待在下面等。

那天早上，貴和子與學長一同走到停車場。在眼神初次交會的那一瞬間，我確定自己喜歡上她了。我想，這就是所謂的一見鍾情吧！只不過，由於這是第一次，老實說，還真不知這樣是否就叫「一見鍾情」。所謂的一見鍾情，有可能是你一到那人的面前便奇妙地心神不寧，不僅如此，還像快轉的影片畫面般靜不下來，甚至對那人所說的每一句話過度反應。例如，那人如果說「要不要去走走」，你便不自覺地打電話回家說「爸，我想要定下來了」——假如緊張到做出這樣的事就是世人所說的「一見鍾情」，那麼我一定是對學長的女友一見鍾情了。

伊豆高原不巧地下起雨來。事先預定的網球場一片泥濘，我們待在沒溫泉的小木屋裡無事可做。烤肉前的空檔，我們三人撐起傘到小木屋附近散步，衝進泥濘的網球場，拿起濕透的球玩起K人的遊戲。心中描繪的場景原本該是我和學長在雨中互相追逐，貴和子在一旁靜靜微笑看著我們，豈知和想像完全相反，比誰都玩得凶、弄得渾身是泥的竟然是她。我和學長甚至得不斷提醒她說：「小心，你差點就踩進去了。」

滿身泥濘回到小木屋，傍晚陽台上的烤肉活動一結束，我們又變得無事可做，只好輪流擠進狹窄的浴室洗澡，打開冰箱拿出冰涼的Chablis。梅崎學長一杯啤酒下肚，立刻變成具志堅[3]；啤酒加烏龍酒就一變而成ガッツ石松；若再喝些葡萄酒便像卡洛斯．雷瓦拉（Carlos Rivera）飄飄然跳起，直接變成章魚八郎[4]的嘴

3 具志堅等以下三人都是日本相當有名的拳擊手。
4 章魚八郎（1940-1985）：日本搞笑藝人。

臉。學長明知道自己喝了酒會變成這副德性，還拚命喝，眞是不上道；而我知道他酒品欠佳卻還勉強他喝，也不值得嘉獎。果然，學長沒多久就爛醉如泥，十點就在臥室裡呼呼大睡。我與貴和子留在禁止使用暖爐的客廳裡，各自坐在三人座的沙發兩端，苦笑地聽著不時從臥室傳來的打鼾聲。

貴和子稱學長爲「那個人」。那一夜，兩人交談之間，她嘴裡不知蹦出多少次「那個人」。每當貴和子講了「說到那個人哪」，我便不服輸地回說「提到梅崎學長哪」。兩人好不容易有單獨聊天的機會，話題卻一直繞著學長打轉，彷彿學長就坐在三人沙發的正中央。

從伊豆高原回來後，到今天正好過了一個星期。雖然一直克制自己不再去想，可是滿腦子都是那天晚上兩人在小木屋裡聊天的情景。控制不了自己去想那時爲何要那樣說、下次她這麼說時應該要怎樣回應等不可能再有的情景。

雖然只與貴和子聊過一個晚上，但我確定她眞正想要的男人並非學長那一類型，並且推斷近期內學長與貴和子必定分手。爲什麼呢？因爲學長不但對詩人凱魯亞克、伯利斯．維安[5]沒興趣，還能滿不在乎地說「《洛基3》我看了五遍」。

我也想過「難道貴和子沒發現這點嗎」？學長似乎對這樣的自己不太自在，只

5 伯利斯．維安（1920-1959）：法國傳奇人物，既是作家，也從事詞曲創作。

不過，他倆都沒把這種感覺說出口。這可不是我這個愛慕名花有主的人自私的說法，因爲，學長送洗衣機來的時候，我曾經問他「最近有女朋友了吧？交往順利嗎」，而學長是這麼回答的：「滿順利的，但總覺得有點……」

「覺得有點怎樣？」

「也沒什麼，只覺得她太主動、開放了吧……連『想愛撫陰莖』之類的話也能大剌剌說出口。」

我就快滿二十二歲了，可是從沒有女孩對我說想愛撫我的陰莖。那時學長告訴我，貴和子與他同年（所以比我大三歲），出生於札幌，是學長任職的大型食品製造商的派遣員工，與念大學一年級的弟弟同住在世田谷代田的公寓。只不過實際見到的貴和子，和當時的印象（想愛撫男人陰莖的女人）完全相反。

從伊豆高原回來以後，我已經打了三通電話給梅崎學長。

「好嗎？」

「又是你啊！」

「有空嗎？」

「有什麼事？」

「沒什麼特別的！沒事就不能打電話嗎？」

學長毫無心機地「哈哈哈」大笑。除了某些能夠撈到好處的時候，我不曾這麼殷勤打電話給他。老實的學長竟然完全沒察覺我這學弟如此明顯的意圖。我問他：「貴和子姊好嗎？」他便回答：「喔，她很好呀！旅行回來以後，一直在聊你的事。」我對學長毫無惡意，卻好似做了什麼殘酷的事。

這星期我幾乎天天在想，還不停深深嘆息，非常後悔那天晚上爲何沒能對貴和子表達任何情意。老實說，我非常有把握，那晚貴和子一定也察覺了我的心意，而且似乎沒有抗拒之意。儘管如此，自信滿滿的我卻什麼也沒表示，只是侃侃而談和學長在大學時代的種種回憶，或靜靜聆聽她和學長交往的過程。唯一感到抱歉的是完全沒顧慮到學長。我清楚知道，假使那晚有幸在沙發上吻到她的唇，鐵定當場玩完。爲什麼？因爲如果在那裡輕率說出「喜歡你」之類的話，她一定認爲我是個輕浮的傢伙，所以，即使回來一星期了，我還是瞻前顧後，懦弱得像個娘們，完全不敢採取任何行動。

總之，我不想成爲貴和子劈腿的對象。嚴格說來，並沒有什麼東西證明我和她之間有愛的成分，足以叫她離開學長，只是我再也忍受不了這樣見不到面的日子，變得不知如何是好。

猛然發覺有人敲門。從趴伏的桌上抬起臉來，一眼便看見小琴站在男生房門口。去伊豆高原之前，我們倆相當熱中要查探隔壁４０２號房在搞什麼勾當，爲了找出眞相，還計畫潛入調查，可是回來之後，我根本無心再管隔壁的事了。即使是小琴，也因爲色情八爪魚沒出現而查不出什麼。

「什麼事？」

見我口氣不太友善，小琴回說：「沒事。你老關在房裡，所以來看你在做什麼？」

「做什麼？想事情啊！」

「哦——想事情啊！」

小琴一走進房便站到我身後，揉捏起趴伏桌上的我的肩膀。

「幹什麼呀！」

「沒什麼，想問你要不要一起去唱卡拉ＯＫ？」

「都說了我在想事情嘛！」

我有點粗魯地撥開她的手抬起頭來，見到她滿臉爲難的表情。

「你到底要幹麼啦？」

「沒有，其實我是受人之託。直輝、未來要我來……」

「幹麼？」

「帶你去卡拉ＯＫ，好好唱一下濱田省吾的歌。」

「爲什麼……爲何要我去唱歌？」

「還問爲什麼……那果然是眞的嘍……」

「你到底要說什麼？」

「唉呀！我是說，神經衰弱的人，通常自己是不會察覺的啦……」

小琴一定是在說自己。「不要每天關在房裡等電話，偶爾也去唱唱卡拉ＯＫ！」未來、直輝這樣勸她，她卻誤以爲他們指的是我。

走出男生房的小琴大喊：「如果是錢的問題，我存了一點，不必擔心。」然後又說：「啊，還有，你衣服穿了一星期都有味道了，最好換一件！如果能順便洗個澡，更好。」

1-5

昨天晚上，丸山友彥終於被江倉涼甩了。這當然是戲裡的情節。雖然從一開始就猜得到她會與人氣偶像（也是模特兒出身）的小澤俊破鏡重圓，可是看到丸山猝然在代官山的時髦餐廳被告知分手的情節，還是認眞了起來。我對身旁的小琴說：「江倉涼，眞沒眼光耶！」等到廣告的時候，小琴卻說：「不是江倉涼，是寫劇本的人品味太差了。」

「說的對，這編劇編的劇情太不眞實了。」

「他年輕的時候一定沒啥人緣，老寫這種情節！」

我和小琴趁廣告時間很快地輪流上廁所，戲又開演時，便擺好同樣的姿勢坐在沙發上……老實說，電視偶像劇眞的很無聊。

「杉本！杉、本──」

背後傳來怒氣沖沖的叫聲，我一轉過頭去便看見服務生綾子手上揮著點菜單，瞪大了眼睛看我。

「你發什麼呆啊！剛剛我說的點菜單，你聽清楚了嗎？」

「啊，對不起。剛好恍神想了一下昨天看的電視劇劇情……」

「眞是的！想什麼電視劇嘛！趕快做份墨西哥捲餅、夾起司和豆子的塔可餅，然後切好可樂娜用的萊姆片！」

這時，背後傳來顧客的呼叫聲，綾子對我擺了張臭臉，邊回應說：「是，馬上來。」眞像大原麗子配音的《大法師》。

我在下北澤的小型墨西哥餐廳裡打工已經八個月了。起初當然不是爲了想當廚師才跑來面試，店家也不可能採用一個看到青椒就驚呼「哇，竟然有種子」的人當廚師。我是因爲買二手衣時恰好看到徵打工人員的廣告才衝進店裡。最初是當侍者並負責洗盤子，做不到半個月，店裡唯一的廚師雅治就不幹了。我知道他和老闆不合，但沒想到他竟突然落跑。受連累的人是我。「你一直在旁邊洗盤子，多少會一點吧！」在太小看飲食文化的老闆的命令下，我被迫進了廚房。隔週，終於找到接手的廚師（直到上個月都在中菜餐廳當廚師），但由於他的興趣在鐵人三項，揚言若不讓他週休三天（包括星期六、日）便不來上班。星期假日的下北澤是最熱鬧的時候，結果，倒楣的我只好繼續充當廚師。

靠一個在中華餐廳進修的鐵人三項迷廚師以及只會三腳貓功夫的學生助手，竟能使內部裝潢可愛的墨西哥餐廳年輕顧客絡繹不絕，眞是天下一大奇聞。

出了最後一份點菜、清理完廚房，大都過了十一點。把堆積如山的垃圾收拾好拿到外頭，我通常窩在後門的垃圾場旁抽根菸。

回到店裡，放下頭髮的綾子喝著Tecate，邊整理傳票。我脫下廚師服問：「今天超忙的，進帳有十萬吧！」綾子不發一語地搖搖頭。打烊時，老闆有時會露個臉，但大多時候都由綾子將當天的營業額送至夜間銀行存起來。

「要我開車送你回去嗎？」

我換好衣服，在綾子身旁坐下來問道。綾子在搖滾樂團當主唱，一邊在這家店賺取生活費。今年二十九歲，不知是認眞還是開玩笑，她說樂團的名字叫做「Limit」。

「啊，對了。有點事想要問你。」

我幫忙結算營業額，邊這麼問。綾子有點不耐煩地看著我。

「問什麼？」

「假如綾子有了男朋友，他的學弟卻向你告白說『喜歡你』，你會怎樣？」

「什麼怎樣？」

「唉呀！就是你會覺得困擾？還是高興呢？」

「這個學弟有毅力嗎？」

「毅力……可能不算有吧！」

「那，我會覺得很困擾。」

「咦？」

「如果隨便說『喜歡我』，當然困擾啦！」

「那……如果他很有毅力呢？」

「這個嘛……那傢伙是聽The Whem，還是Kinks？」

「不，我想他沒聽這些。」

「那是Pistols或是Crash呢？他喜歡哪一類的音樂？」

我想，綾子擔任主唱的樂團名字真的叫做「Limit」，而不是在開玩笑。

離開店，送綾子到車站後面的大樓，繞一圈往環七方向走。本來抄近路離開世塚往甲州街道出去是最快的，但這幾天特別繞到常塞車的環七回來。從環七開進僻靜的小巷弄，就是貴和子與弟弟同住的公寓。據學長的描述，那是間一房一廳的房子，寢室由貴和子使用，她弟弟則睡在起居間的沙發。他們房間的燈很少亮著。自從我打工結束繞道過來以來，每次抬頭仰望房間的窗戶，都不曾見房裡的燈亮過。根據學長的描述，貴和子的弟弟常窩在千葉柏市的情人家裡，幾乎沒回來過。今晚我懷著難過的心情望著公寓窗戶，說不定姊姊貴和子也待在梅崎學長的家裡。

把桃子停在公寓後面，我下了車在大門口來回踱步。一覽無遺的玄關，裝了一部有螢幕的對講機。我站在走道對面的自動販賣機前抽菸等待，一個上班族模樣的男人喝醉酒似地搖搖晃晃走近公寓。男人剛按完密碼、門自動開啓的瞬間，我做了一個時機正好的表情，尾隨那個男人潛入。男人好像住一樓，並沒有搭電梯，逕自往走廊深處走去。目送他的背影之際，男人倏地回頭，我慌張地點點頭，男人哼的笑一聲，腳步又踉蹌起來。

搭電梯上三樓。上次也來過三樓，只不過那時沒出電梯就離開了。第一次只走到公寓前；第二次碰觸到公寓入口處的信箱；第三次正好遇上一個女人從大樓裡出來，乘機進了公寓；第四次終於搭了電梯。今晚是第五次，我終於站在貴和子的家門前。

門上掛著「松園浩志．貴和子」宛如夫婦似的門牌。我將耳朵緊貼在玄關大門上傾聽，不覺得裡面有人。

昨天夜裡，我坐在女生房裡小琴的枕邊，坦白吐露心中的苦悶。「其實這陣子，我每天打完工回來途中，都跑到那個人住的地方徘徊。」小琴很睏，但還是很難得地說出她眞正的想法：「不會吧！你這樣很變態耶。」

「你也這麼認爲？」

「你要有心理準備！」

「什麼樣的心理準備？」

「被當成神經病！」

要我自覺被人當成神經病？究竟怎麼回事。我立刻追問下去。

「我……好像眞的很喜歡她哩！」

「是喜歡？還是好像很喜歡？」

小琴總聯想到奇怪的事。

「我覺得難爲情，所以才說『好像』！」

「良介，你看起來單純，其實超級麻煩！」小琴說。

「我看來單純？」

「未來還有直輝都這麼說……算了，先不提這個。總之，別只是到人家住的公寓附近徘徊，直截了當去按門鈴告白嘛！」

「怎麼做？」

「對她說『我好像很喜歡你，加上「好像」兩個字是因爲覺得有點難爲情』不就得了。」

「直接告白啊……不行啦！她是學長的女朋友。」

我無力地喃喃自語，小琴說，那就不要勉強了，很快地打發我回去睡覺。

小琴算什麼戀愛顧問啊！連不能向對方說眞話的基本常識也沒有。這時躺在床上的未來忍不住發飆說：「拜託你們，不要在一片漆黑中窸窸窣窣講話。」

我沒理會未來的抱怨，又說：「我相信對方對我有好感。只不過，她或許只把我當成劈腿的對象。」

「直接去問她嘛！」小琴的聲音聽起來很睏。

「怎麼問？」

「就……」

聽到這裡，床上飛出個枕頭來。

「我不像你們，明天一大早還要上班耶！」

惹毛了未來，我只好摸摸鼻子離開。房門另一邊傳出未來不耐煩的聲音：

「眞受不了你們，只對情啊愛的有興趣。」

第五次造訪，我終於貼在貴和子住家的大門上，手指正要插進窺視孔，背後傳來電梯門開啓的聲音。慌忙轉頭一看，站在電梯口的竟然是貴和子，臉上一副「啊」的表情。貴和子直盯著我，從我的臉看到肩膀，再從肩膀打量到插進窺視孔的手指。

「怎麼了？」她說。

「什麼怎麼了……」我回答。

貴和子慢慢走過來，跟旅行時的感覺完全不一樣，大概是穿了套裝的關係。

「你弟弟還沒回來吧？」

「啊，是啊，還沒……你特地來我家？」

「啊，不是啦……」

「有什麼事嗎？」

「沒啦，只是剛好到這附近……」

心裡早有準備，萬一碰上了，只能這麼說。貴和子笑笑地在我面前開了大門。房裡的電話正好響起。

1-6

我坐在本館534大教室的最後一排，盯著空白的黑板近三十分鐘。教室裡沒其他人。整間教室往黑板方向傾斜，從最後一排俯瞰，排列整齊的長桌如巨浪般往講台撲過去，而我可說是非常自在地乘坐在這木質波浪的頂端上。

其實，對我父母來說，要讓兒子進東京的私立大學念書是很勉強的。小時候母親經常說：「經營壽司店固然是很棒的職業，不過，你老爸可不願意你繼承，他寧願你成爲我們這種精緻小店的好顧客。」我來東京還沒去過壽司店，連迴轉壽司店也沒進去過。

我認爲女人還是比男人現實。當初，母親之所以極力反對我念東京的私立大學，當然出於所謂的戀子情結，想把獨生子留在身邊，但仔細看過我收集的大學簡介、東京生活手冊等資料後，便開始精打細算如果兒子眞要去東京究竟得花多少錢。由於是壽司店的老闆娘，費用多少高估了一些。

母親告訴我那筆數字之後，說眞的，我幾乎想要放棄。由於我採取「亂槍打鳥，總會射中一、二隻」的報考方式，報名費如滾雪球般暴增，而且和我不穩定的學力程度正好呈反比。如果多報考幾間大學，住宿天數還得拉長；即使勉強考上，很快就要付入學金、學分費，接下來還有租公寓的押金、訂金等，得花的錢多如牛毛。看到母親攤開在我眼前的諸多費用，我不由得想起捏鮪魚肚壽司的父親身影。

然而父親無意間的一句話，竟然令一向堅持己見的母親改變了心意。「只要兒子想去，不管去東京或哪裡都行。」「你說的沒錯，可是……」母親話一說完，立刻拿出可怕的估算單。父親連看都沒看，就說：「不妨想想你自己吧，你的朋友是不是都是九州的鄉巴佬？」

「好像是吧！大家都是國中或高中時的同學。」

「對吧？我也一樣。所以嘍，難道你不希望兒子到東京去認識更多人嗎？譬如，在土佐專門釣鰹魚的人的兒子，或是京都老鋪料理亭的公子哥兒，就算是在北海道經營酪農業的女兒也好呀！要是我們家良介能認識這麼多不一樣的人，不是很好嗎？」

據說，母親靜靜聽著這一席話，心裡已經開始盤算要讓兒子帶些什麼到東京。最後父親好像還說了這番話：「做爸爸的，和當媽的不同。當爸爸的能爲兒子做的，除了踢他們到外面去闖一闖外，沒別的了。」

我呆望著黑板，教室的門突然打開，一個男生探進頭來，看到坐在大教室最後一排的我，立即大聲問道：「咦？『市場論』不是在這兒上嗎？」我也大聲回答：「不是。」我記得看過這男生，就是之前在學校餐廳坐在我隔壁、把看完的漫畫週刊《Spirits》遞給我的傢伙。「搞什麼嘛，又弄錯了。」男生這麼說著，就要走出教室。「喂！」我連忙叫住他。「嗯？」男生不耐煩地回過頭來。

「這問題雖然有點唐突，但不知你父親是做什麼的？」

我的問話聲在大教室裡迴盪。

「我父親？」

「是的。」

「爲什麼問這個？」

「不爲什麼，不過……」

「公務員，他是個公務員。」

「哪裡的公務員？」

「石川縣的金澤。」

男生回答之後，便歪著頭走出教室……爸爸，我認識了金澤公務員的兒子。

一看手表，又到了打工時間。雖然慶幸有桃子這輛代步工具，但這幾天一開車，心情就不斷往下沉，因爲它總讓我想起前幾天打完工又去跟蹤的糗事，不但讓貴和子撞見，還慌慌張張扯謊進了她的房間。

打開大門時電話響起，竟然是梅崎學長打來的。貴和子扶著我的肩邀我進房，邊和梅崎學長講電話，邊指示我「坐那兒吧！冰箱裡有飲料」。我一直在一旁等待，等她和學長講完電話。

貴和子放下話筒，我才想起：儘管我像隻貓一樣蜷坐在她眼前的沙發上，貴和子始終沒告訴學長我就在一旁。看來，我還有一線希望？

「你沒跟他說我在這裡。」我不看她的眼睛說。貴和子從超商提袋取出香吉士葡萄柚汁，對我投以深具含意的眼神說：「希望我說嗎？」

「告訴他，沒什麼關係吧？我們彼此認識，何況也沒什麼好隱瞞的……」

貴和子沒理我，專心把果汁、水果從提袋中拿出來放進冰箱。

客廳的沙發上，擺放了一個可能是弟弟在用、滿是男性整髮劑氣味的枕頭，以及胡亂堆放的毛巾。白色的門後面應該是貴和子的臥室，從微開的門縫瞧見化妝櫃以及一幅未來從以前便極力推薦的法國電影《Sam ★ Suffit》的海報掛框。

「啊，對了，剛剛梅崎在電話中說了，『代我向良介問好』。」

「嗄？」

我不由自主地從沙發上跳起來。「騙你的！」貴和子笑說，從廚房走出來。

「他怎會知道嘛！」

「說的也是。」

與貴和子共處，我總有扮成清純少男的傾向，事後回想起來都覺得想吐。我原本就不是什麼清純少男，想裝也裝不了。儘管明白這道理，但我仍然扮演一個被她天眞的謊言所騙，像此刻一樣不假思索從沙發上跳起來、沒見過世面的少男。

先說結果吧。那晚，我與貴和子共睡一張床。我們倆喝著啤酒，聊了聊梅崎學長之後，不由得睏了，便走進臥房。我覺得這些舉動極爲自然，就和平常的生活一樣。譬如，一回到家裡，小琴必定在客廳剪髮尾，或是開著桃子就必定在十公里處熄火等等。

說起來，我身邊的女人，不論小琴或未來，都是性情古怪的人，或許因此更讓我覺得與貴和子相處時有種如沐春風的踏實。我自作主張推斷，這必定因爲她是北海道人的關係，但仔細想想，我打工那家店的老闆同樣是北海道出身，性格卻像碗奶油豬骨拉麵。

總之，我喜歡貴和子說話的聲音。當兩人的身體在床上交疊在一起，我覺得她顯得好嬌小。抱得愈緊愈顯嬌小的貴和子在我胸前不停呢喃：「請你，給個一圓、兩圓整……」呵在我胸膛上的氣息暖呼呼的，溫柔地往脖子纏繞上來。這句「請你啊」其實是我求她「喂！說些什麼吧」的時候，貴和子笑著說的對白。

貴和子竟能毫不在乎地脫口說出：「喂，我們來想想看，有哪部愛情電影描寫和學長女友睡覺的男人，以及和男友學弟睡覺的女人。」眞不知她怎麼想的？當然，我只是手足無措，說不出個像樣答案。

「良介，想睡了嗎？」

「嗯？爲什麼這麼問？」

「沒什麼！只是在想你睏了嗎？」

「我想睡的時候，倒頭就能睡。只要閉上眼，五秒鐘就睡著了。」

這樣的氛圍我掌握了多少？如果社會有既定的金字塔，我一定在最下層，屬於那種一再讓人欺壓、毫無人性尊嚴的階層。

隔天早上一睜開眼，貴和子已經不在床上。穿上擠在床縫中的內褲，往客廳走，有個不認識的男人正在那兒將奶油塗在吐司麵包上，而且以非常冷漠的眼光盯著我，害我不知該穿著內褲走進客廳，還是該逃回房間。這時，兩手端了咖啡杯的貴和子從廚房走出來。「早啊！」

貴和子露出早晨迎人的討喜微笑，把杯子放在年輕男子面前笑著說：「這是我弟弟，清晨剛回來。他在氣我隨便帶男人進來。」

我連忙點頭，朝著把夾蛋吐司送進嘴裡的弟弟示好，心想如果我先示好，對方也會回以某種程度的善意吧！至少他瞪我的眼神已經沒有要殺人的敵意。猶豫了一會兒，我決定就這樣穿著內褲走進客廳。想起昨夜同床共眠的親密，本想坐在貴和子身旁，但迎面可感受到弟弟冷冷的眼光。弟弟似乎都對姊姊懷有某種特殊情感。由於顧慮太多，我在弟弟身旁坐下來之後，情況變得更尷尬。他回瞪我的目光更冷漠，而貴和子則以不可思議的眼神看著並肩坐在一起的情人和弟弟。

接下來的情況，連我自己也不明白怎會如此。坐在弟弟身旁的我，把奶油厚厚塗在貴和子烤好的吐司上，還加塗了草莓醬才送進嘴巴，然後喝了一口冰冷的柳橙汁，讓它滑過乾渴已久的喉嚨。我看著眼前的貴和子慢慢啜飲熱咖啡，弟弟坐在一旁默默咬著吐司。就在這時……

「良、良介，你在哭嗎？」

貴和子這麼一問，我才發覺自己哭了。她的聲音驚動了一旁的弟弟。

「這傢伙幹麼哭啊？」

「怎麼啦？」

他們倆鐵定都感到不愉快吧。原本愉悅的早晨，在烤得有點焦、塗了奶油的吐司，以及配熱咖啡喝的餐桌上，穿內褲的年輕男子竟然莫名其妙哭了起來。

「啊，對、對不起！」

我拚命想要止住莫名流下的淚水，稍帶鹹味的淚水卻一滴滴從鼻翼兩旁流進咬著吐司的嘴裡。

「欸，眞怪！」

愈想裝得若無其事，說話的聲調就益發不可控制，轉爲悲傷的痛哭聲，甚至抽噎不止。貴和子連忙遞面紙給我，她弟弟則張大了嘴，側身看我。

那天早上，吃著貴和子爲我烤的吐司，不知爲何腦海裡竟浮現父親的臉，那個天天準備開店、窩在瀰漫醋飯味店裡的父親。接著想起眞也的臉。「在東京，連我的份一起努力喲！」拍我的肩膀、輕輕揮手下了巴士的眞也。我喝著柳橙汁，想把這些影像從腦海裡用力揮去，最後，眼前又浮現運來洗衣機的梅崎學長的臉。「我坐在沙發看電視，貴和子就跪在我兩腿之間！我說『這樣做愛最舒服了』，貴和子便回答『我也這麼想』。」扛著礙手洗衣機的學長這麼說，害羞似地笑了。

我想起昨晚在被窩中與貴和子交纏時的對話。我緊抱著貴和子，兩人的軀體熱情如火。

「這樣做愛，最舒服了。」

說完，貴和子就在我的胸膛呵氣似的說：「我也這麼想。」

在不知所措的姊弟面前，我哭個不停，淚水泉湧，難以克制，彷彿有一個與自己分離的另一個我無視於我的存在而任性地哭泣著。

大垣內琴美

23歲，無業

現在，與當紅年輕男星丸山友彥熱戀中

2-1

我還是認爲「說說笑笑就好」這節目很棒。雖然看了一個鐘頭，但關上電視的同時，誰說了什麼、做了什麼完全想不起來了。「毫無營養」的事鐵定就指這種情形吧。

關掉電視之後，正專心考慮午餐要吃什麼，良介正好從男生房走出來，手伸進內褲裡，頭髮亂糟糟的，一副睡眼惺忪的模樣。良介的睡相糟透了。同寢室的直輝說過，如果房子沒有牆，他一整晚可以滾睡到車站前面去。

「良介，中午要吃什麼？」

良介從冰箱取出牛奶、聞了一下味道，做出「等等」的手勢，伸長脖子一口氣喝光牛奶。

「你呢？」

聽到打嗝聲，我盯著良介沾了白色牛奶的嘴角一會兒後，反問他：「要去肯德基嗎？」

看？」

「肯德基啊……啊，對了，你常去的美容院前面新開了家麵店，要不要去吃吃

這麼說完，良介右手又伸進褲襠裡搔抓，而後走進廁所。他這陣子應該正「單戀著」那個梅崎學長的女友，但這幾天完全沒提這事了。前兩天，良介難得在外留宿，我問他：「在哪裡睡了一晚啊？」「她的房間啦！」雖然他是這麼答了，但第一次的留宿經驗似乎不怎麼愉快，該不會失戀了吧！不論怎麼說，我對他這種學生式的「清純戀愛」完全不感興趣。儘管他很苦惱，搖擺於友情與愛情之間，但看他那麼能睡，就知道不必替他擔心。

在這公寓裡生活了五個月，不知爲什麼總覺得良介與平假名的「ふ」字很像，打從一開始見到他便有這種感覺。然而，他的肩膀並不特別斜，臉部線條畫起來也不像「ふ」，可是一見到良介，不知為何腦海裡便浮現出「ふ」字。但也不是「不安定」的「ふ」。「不愉快」的「ふ」？「不可思議」的「ふ」？[1]不對，都不是。ふ、ふ、ふ……可能更接近窩囊廢的「ふ」[2]吧。

良介剛好從廁所出來，我便問他：「喂，『窩囊廢』的『ふ』，是個什麼樣的『ふ』啊？」

1 在日語中，這幾個詞的開頭都是ふ。
2 窩囊廢的日語發為「ふぬけ」（funuke）。

良介手也沒洗，抓起餐桌上的餅乾回說：「『窩囊廢』的『ふ』？不是指內臟之類的東西嗎？」隨即把餅乾塞進嘴裡大嚼起來。我想像他的身體變成了個大洞，嚼碎的餅乾屑如飄落的雪片般在他的體內飛舞而下。

良介似乎想繼續閒晃，賴到傍晚打工，嚼著乾巴巴的餅乾，將我好不容易下定決心關掉的電視（從早上的Wideshow開始，幾乎什麼節目都看，連「說說笑笑就好」也看個過癮）又打開來。午間的Wideshow已經開始了，畫面上閃過大和田貘扁平的臉。可是，最近只要是良介打開電視，畫面立刻變成花白。良介喃喃說「又來了」，正打算朝電視邊敲下去，我連忙出聲指導：「啊，不是那邊，是右邊敲三下。」良介照指示敲了電視右側三下，畫面依舊花白。

「沒用欸！」

「你敲得太輕啦！要像這樣狠狠敲兩下，再輕敲一下。」

「電視跟我又沒仇。還是你來吧！」

「不要啦！我好不容易決定關了。」

就在我們交談之間，電視畫面又自動恢復正常。良介拿著遙控器不停轉台，問我：「今天『徹子的房間』的特別來賓是誰？」

「喂，傍晚以前，你要做什麼?」

良介任電視開著又走回房間，聽我這麼問，他頗爲高興似的答道：「要幫我的桃子洗澡。」光洗車就能高興成那樣，眞令人羨慕。他一定沒什麼煩惱吧！算了，別管太多，還是自己找樂子吧！電視上，上沼惠美子正在做美味的香草烤嫩雞。

我是瞞著老家的父母，和他們（良介與直輝）同住一個屋簷下的。雖然問心無愧，但也沒必要強迫一路把我拉拔大而自傲的父母面對這樣的現實。其實，我和良介、直輝之間別說沒有曖昧關係，簡直乾淨到令人起疑的地步。當然，剛開始一塊兒生活的時候，也曾從良介看到我的胸部卻裝作若無其事的眼光中，隱約感受到一股如飛鏢般的渴望，但對於沒射中標靶的飛鏢，不妨學學飛鏢店的老闆娘，迅速拔下來還給客人就行了。客人也不是笨蛋，看到對方迅速拔下飛鏢，也明白自己並未射中標靶。不過，世上還是有很多女孩老是任由飛鏢就這樣留在自己身上，而客人也一直苦等對方回應，因而常常引起其他問題。

這世上，不想當飛鏢店老闆娘的女人太多了。她們總留著胸口上無數的箭，撒嬌說「我都交不到男朋友」，然後從微醺的溫泉客身上榨取金錢。

大概因爲同住的未來也不是那樣的女人，我在這裡生活得很自在，當然，也因爲良介或直輝並非那種在溫泉旅館晚宴中盡情放縱的警官或公務員型的客人。

我來到這裡生活，其實是很偶然的……沒錯，就像突然被雷公劈到……不，應該說是突然被狗咬到……不……總之，五個月前的某天晚上，我經常去跳舞的俱樂部裡，突然音樂停了、燈光亮了，倏地發現眼前是個跳得汗如雨下的男子，而我也同樣汗水淋漓，這時台上傳來ＤＪ慌張的廣播聲：「對不起，喇叭壞了。請大家等一下。」四周同時響起鬨堂笑聲和抱怨，大家有點掃興地晃向吧台，汗如雨下的男人問我「要不要喝什麼。」，那一剎那，我驟然領悟到自己或許對什麼事都沒興趣。

我不僅對眼前汗如雨下的男人或飲料不感興趣，對任何事也提不起勁。如果能像家人，譬如在高中女校教數學的父親一樣熱愛工作，像母親天天做家事也不厭倦，或是像妹妹熱中練習排球、另一個妹妹著迷於ＳＭＡＰ的香取愼吾就好了。沒人要我如此空虛地過日子，但在這樣的場合霎時察覺到這份心情，眞是有些驚慌失措，只能吃驚地獨自站在舞池中發呆。

短大畢業以後，我順利地進入藥商的分公司當粉領族，每個月底薪水自動進帳。或許是內心深處強烈的空虛感吧，一拿到薪水，我不是迫不及待和朋友跑去品嘗美味的法式大餐，就是殺到Tiffany買戒指。如此卑微的喜悅自然不能滿足我，偶爾去書店看書，難免不禁想著「這樣很好，就好好享受此刻吧」或是「啊，還是這樣好」。

發覺自己對任何事都不感興趣，眞是非常大的衝擊，因爲我很難快快想出一些看起來有趣的事。心急地想了一下，譬如去學外語，或是乾脆跑到羅馬附近留學，不，更現實一點，和現有的男友到海外舉行婚禮……倒不是我對這些事眞的有興趣，而是如果我去做了，周遭的人一定羨慕得要死。說起來，高中的時候，我曾在男同學主辦的美人比賽中年年拿第一，但也不是那種惹女生討厭的類型。我的女性朋友會在沒喝醉的時候說出「琴美眞好，既是個美人，性格又好」這種令人難爲情的話，而我也心滿意足地回答「唉呀！快別這麼說了」。

由於喇叭故障，我在燈光亮起的舞池中，彷彿聽見不知是惡魔還是天使的聲音：「你不痛苦，可也沒有眞正的喜悅。」

「怎麼啦？」眼前汗如雨下的男子這麼問，我不由自主地大喊「才不是」！當然這並非針對「怎麼啦」說的，而是對「你不痛苦，可也沒有眞正的喜悅」的回應。

男子看著我，露出「我說了什麼令你不高興的話嗎」的表情。這時，我忽然想起一件事，隨即追問這個剛才就跟我搭訕的男人：「對了！你剛剛說，你哥哥明天要開卡車去東京，是嗎？」

「嗯，我是這樣說過……」

「那我可以搭便車嗎？」

「去東京？」

「是的，去東京。」

「去做什麼？」

「吃苦啊！」

「什麼？吃苦？」

「沒錯！去吃苦。」

男子不解地歪著頭，但還是聯絡了哥哥，只是之後便不敢再找我了。

去東京的事就這麼決定了。不過說起來，我人生至今唯一的痛苦就是與丸山友彥談戀愛。

與丸山相識於進入短大後的第一次聯誼，是那種說出來都覺得丟臉的邂逅。當然，參加聯誼的五個女孩全看中他。這麼說雖然有點令人討厭（但是明明這麼認為卻故意不說更令人討厭），我想其中的幾名男生對我也有意思（好吧！老實說，大概是每一個男生），可是我既不懂得裝傻、先人一步下手，也不因為自己是最受歡迎的女主角就裝模作樣，所以，我從一開始便非常積極地（這樣多少也引起周圍男生的注意）向丸山進攻。反正錢是大家均攤，即使是最受歡迎的女生，也有露骨推銷自己的權利。

聯誼的隔天，丸山便打電話來。男女聚會吃吃喝喝，通常在第二攤就散會，但之後還會發展成只有女孩子參加的第三攤，以及第四攤的卡拉ＯＫ大會。灌Bombay Sapphire喝得胃發疼，唱森高千里的歌唱到喉嚨痛，爛醉如泥回到家時已是清晨五點，四個鐘頭後不到早上九點，丸山打電話來。

前往第二攤的途中，只有我和丸山留在便利商店外，等大家買相機、口香糖。

「你們都很在意別人的牙齒啊？」

我不經意地這麼問。其他女孩明知與相中的丸山沒什麼希望，但唯獨這一晚不想早退，是因為來這裡聚會的其他男生將來都是牙醫。

對於我不經意的詢問，看得出丸山瞬間變拘謹了，坦言道：「呃！對不起，我不是學醫的，目前在Home Center打工。」

當時眞覺得自己很幸運，從中學時代開始就愛看戀愛偶像劇。爲什麼呢？因爲我彷彿念偶像劇對白一般脫口回應：「不必道歉啦！我自己也不過是短大畢業的。」夜空中明月高掛，站在冷清街道上的只有我和他。這時似乎傳來了銷售百萬的甜軟電視劇主題曲。

「不過，其他人眞的都學醫，是未來的牙醫。」

丸山連忙補充了一句。

「其實我拒絕了，可是健吾那傢伙，就是那個戴眼鏡的，是我小時候的朋友，他一直說『好啦，來嘛』，硬要拉我來。」

「可是自我介紹的時候，那個健吾不是說『我們都是大學的同班同學』嗎？」

「你看，這下露出馬腳了，眞尷尬。總之，對不起啦！」

他臉上雖然流露出一副「我們是永遠的清純少年」的模樣，但男人其實超會嫉妒的。

隔天丸山打電話來，由於宿醉得厲害，我完全不記得說了些什麼，好像只是很有技巧地訂了下次約會，即使虛脫地癱在床上，手中仍緊握著寫下「星期六、七點、市民會館前」的便條紙。

和丸山一起逛街，我才發現女人毫不避諱對擦身而過的男生品頭論足。她們先是看丸山，然後仔細打量勾著他手臂的我，視線再回到丸山身上。由於和丸山交往，我生平第一次見識到麥當勞女服務生被俊男迷住、手抖個不停的情景。雖然丸山已經說了「要外帶」，但我忍不住很想補一句：「我們想外帶的不是你，而是香草奶昔喔！」

「丸山，你很受歡迎吧？」

一走出麥當勞我就脫口問道，丸山回了一句令我心花怒放的話：「小琴，你才受歡迎吧？」雖然自覺我們將逐漸成為不受歡迎的一對，但互舔香草奶昔時卻覺得美味無比。

中午，和帶著起床氣的良介一起去站前新開張的麵店。由於慶祝開店，全數商品都打八折，店內座無虛席。正想放棄時，剛好有張四人座的桌子空出來。雖然店員露出有點為難的神色，但我和良介不在乎地坐下，端來茶水的歐吉桑表示：「不好意思，待會兒或許得和其他客人併桌。」於是我從面對面的位子站起來，移到良介旁邊。

兩人並肩默默吃著不怎麼可口的炸豬排飯，誠如店裡的歐吉桑所說，有人來併桌了。一抬頭，面前站著的是住４０２號房的中年男人。他和之前在公寓走廊遇見時一樣，頭髮抹了油全部往後梳，厚厚的嘴唇泛紫，嘴巴四周粗糙的肌膚上有剛刮完鬍髭的痕跡。我頭也沒抬，手肘碰了一下正在扒豬排飯的良介。側腹猛地被撞的良介「喔」了一聲，噘起沾了飯粒的嘴。「幹麼啦！」他似乎也瞄到站在桌旁的４０２號房男子，表情頓時緊繃。爲了掩飾緊張，他特地喝光了一整杯水，招來店裡的歐吉桑，並對立即現身的歐吉桑遞出空杯，要他再來一杯。

４０２號房的男子坐在我們面前。由於曾在走廊上碰過幾次面，以爲他早認出我們，他卻一副陌生人的表情，瞇起眼睛望著牆上的菜單，若無其事點了「五色麵」。想到眼前這名男子就是每晚將稚嫩的少女推向那些色情八爪魚的惡人，我完全沒了食欲，豬排飯裡吃剩的蛋彷彿膨脹成八爪魚頭上的疣，附在碗蓋上的水滴就像色情狂流的汗水，令人噁心。

我再也忍受不了，拉著良介的手想盡速離開麵店。良介雖然也想走，但捨不得特地留到最後才吃的炸豬排，即使我拉著他的手臂，他的筷尖仍挾著那塊豬排，不想放下。在桌上攤開《週刊實話》的402號房男子翻了翻眼，嗤笑地看著我們。

把錢扔在收銀台上出了店門，我忍不住大叫，完全不在乎街上行人的眼光。

「你看見了嗎？那男人的嘴臉。眞不敢相信！」嘴裡還嚼著豬排的良介慢條斯理地說：「那傢伙認出我們了？」我再次大叫：「他一定認出來了！明明認出來了，還裝不知道點什麼『五色麵』！啊，眞令人討厭！搞什麼嘛！點什麼五色麵。」

相較於我的焦躁，良介冷靜地往前走。

「等等！你都沒感覺嗎？」

我趕緊抓住他的臂膀。

「我們又不能怎樣，不是嗎？這世上有各式各樣的人，有種田的、在車站前賣唱的，賣菸的、駕駛新幹線的……既然有這麼多不一樣的人，那麼有人以色情仲介爲生也不奇怪啊！」

「你說什麼嘛……怎麼變得這麼通曉世情？」

「直輝和未來不也說過嗎？世上就是有喜歡出賣肉體的女人……都會裡的鄰居關係是很微妙的。」

「可是，你不也見過有女孩在防火梯上哭嗎？」

「雖然見過，可是未來也這麼說過：世上多的是故意要哭給人看的女孩。」

「即使這樣，我相信我們隔壁經營的一定是色情業！」

「就說了，就算是……」

「快被你氣死了。那我們先搞清楚再說吧！」

「要怎麼搞清楚？」

「就……有了，良介你就假裝成客人！」

「我？才不要哩！」

「爲什麼？」

「不爲什麼……就是不想！」

「錢由我出。如果能因此揪出他們眞的在搞這種勾當，不管是匿名或怎樣，我一定報警。」

「你當眞要出錢……嗯，不要。還是不要吧！」

「莫非你沒去過這種店？」

「沒有！」

「爲什麼？」

「幹麼問爲什麼！」

結果話題扯到良介沒去過那種店，但現在孤家寡人的直輝應該去過吧！甚至推論出：直輝即使沒交新女朋友，卻和前女友美旅頻頻見面，說不定他覺得這樣就夠了。402號房的話題也就這樣沒了下文。

一路走到公寓前，良介問我：「我去洗車，要不要一起去？」

「洗車？給我打工錢嗎？」

「錯，你肯定出錢求我下次再帶你去！」

抱著包準被騙的心態跟去了，反正回去也沒事做。良介騎腳踏車載我，來到停放桃子的停車場。

結果，正如良介所說，我央求他下次再去投幣洗車場時，一定要叫我一聲。頭一遭知道洗車有時間限制。先沖水三分鐘，接著加洗潔劑刷洗車身，只要稍微停手，「叮咚、叮咚」的鈴聲便響起，通知還有三十秒洗車將結束。「小琴，快！這邊、那邊。」在良介的指示下，終於把整輛車刷洗完，只剩最後的沖水。當然，沖水也有時間限制，四處飛濺的水珠惹得我們慘叫連連，連頭髮都濕了才洗完。這麼有趣的事，「早點找我一起來嘛！」我甚至這麼抱怨。

桃子變漂亮後，開了兩趟九公里，回到家時已經快五點鐘。良介出去打工後，我又發呆想起丸山的事。一天，眞的一轉眼就過去了。

仔細回想，五個月前，在俱樂部那個搭訕男子的協助下，搭上他哥哥所開的大卡車，在半夜抵達東京築地，當時開著桃子來接我的就是良介。卡車司機哥哥是個有老婆、年近四十的大好人，和前來搭訕的男子差很多歲，他一路上說說笑笑，甚至聊到：「遇到我算你好運，若是搭上別人的車，不知道把你丟到後座搞出什麼來咧。」

途中從靜岡的休息站打電話回家。說「只是出去跳舞」的女兒竟然通知說「到東京去見以前的男友」，母親也許是太過意外了，只回了一句「哦，去東京啊」，便沉默了。

「幫我跟公司請病假。」我說。「那你什麼時候回來？」母親問。一時間，我只能回答：「還不知道。」

「該怎麼跟你老爸說呢？」

「抱歉啦，爸那邊就麻煩媽媽了。」

「你這孩子！喂，你眞的是坐卡車去的嗎？不是搭飛機或電車？」

「眞的啦！眞的是坐卡車到東京的。」

「哦，坐卡車呀！」

在築地下車的我，當然立刻打電話給丸山，可是沒人接聽，鈴聲響了十聲、二十聲，始終是答錄模式。那一刻，我陡然不安起來，邊哭邊打電話給東京唯一的朋友相馬未來。

「全是吸鼻涕的聲音，根本聽不懂你在說什麼！」

未來熟悉的聲音，令我哭得更大聲。

「到底怎麼啦？現在只聽懂你說『好心的卡車司機請你在休息站吃了一碗油豆腐烏龍麵』。」

詳細說明之後，未來終於搞清楚狀況，連珠炮似地臭罵了我一頓：「你是不是秀逗了啊！」接著說：「沒電車了，現在我請跟我同住的男生良介開車去接你。」

在公寓安定下來後的第五天，終於聯絡上丸山。丸山很高興我來東京，親切地招呼我。「怎麼？突然決定來東京？」和以前一樣開朗的聲音。「來見你啊！」對我如此直率的回答，他爽朗大笑起來。

之前我就曾經突擊丸山的工作地點、位於家鄉近郊的Home Center，去看他工作的模樣。他在植樹區，身穿綠色圍裙、戴白手套，把垂葉榕盆栽搬到客人的車上。那是第一次看到男人工作的模樣卻感覺喘不過氣來。我在入口處對著從停車場返回店裡的丸山揮手招呼，那一瞬間他流露出有點困惑的表情，但隨即跑到我的身邊，有點特意地說：「怎麼回事？幾時來的？」臉上的表情已變得相當喜悅。

結果，和丸山交往了一年又七個月。丸山在Home Center的工作全年無休，不但在我放寒暑假或是休長假的時候都很忙，連平常也很難排到連休假期。儘管如此，只要有時間，我們一定膩在一起。

我知道丸山和母親相依爲命，也隱約感覺到他母親的身體不太好。爲什麼呢？好幾次在約會時，目睹他不自覺地打電話回家或是打給房東，而且不論我多麼甜言蜜語誘惑，他從不留宿飯店。

交往了一年七個月，只有去海邊玩的那一次外宿。我們住的是沒有空調設備的廉價民宿，整晚聽著從一樓傳來民宿家小嬰兒的哭鬧聲。直到今天我始終念念不忘丸山，我想和那次在民宿共度一夜有很大的關係。

我從小就堅持一個原則：不可過問對方不願意說的事，可是我卻得不斷克制自己不去問有關他母親的事。「去放煙火吧！」那一晚，他帶我到沙灘上，我忍不住對他坦白：「如果有什麼幫得上忙的地方，請儘管說。」起初，他似乎聽不懂我所說的，握著要往天空發射的煙火筒，轉頭問：「你是指？什麼？」

「……就是你媽媽的事。」

就在我喃喃自語的瞬間，丸山握著的煙花筒裡射出了紫色煙火。

煙火放完，兩人手挽著手走在回民宿的坡道上，丸山終於給了我一個非常符合他個性的答案。

「我們Home Ccenter的社長有個和我同年齡的兒子，才十九歲就開ＢＭＷ。那小子在大學休假期間，偶爾和社長一起去巡視各家店鋪。公司的店長或助理主管，年紀都一大把了，卻還得向那小子低頭行禮。不過，這也是理所當然的，不管哪裡的員工都得向公司的接班人卑躬屈膝。可是，我想了一想，眞的理所當然嗎？我呢，頭腦不好，沒辦法解釋得很清楚，但我知道社長是很了不起的。可是，社長的兒子呢？他不過就是社長的兒子，眞有那麼了不起嗎？我曾在休息時間把這種感覺告訴助理主管，但助理主管也說『他是下一任社長，當然也了不起啦』。」

我不知該對丸山說些什麼，只能在充滿海潮氣息的路上緊緊抓著他的臂膀。

「你知道北韓吧，有本雜誌報導過那個姓金的傢伙，他兒子在瑞士念寄宿學校。我想大概是小學吧！有個同年齡的男孩負責照顧那個姓金的兒子，也一起去留學了。只不過是個家僕，卻也念寄宿學校耶！吃午餐的時間，讀到那篇令人難以置信的報導，我食欲全沒了。現在我還是覺得那家僕眞是走狗屎運啊！莫非對社長的兒子卑躬屈膝眞的是理所當然？」

我慢慢走在往民宿的坡道上，想像小學教室裡，面無表情的少年跪在地板上迅速將某男孩掉落的橡皮擦屑收拾乾淨的身影。

回到民宿，兩人輪流進澡堂。丸山在外面徘徊，從澡堂的窗戶往裡窺看打算唬我，結果遭到民宿的老闆用棒子追打。「眞的啦！裡面那個眞的是我女朋友啦！」爲了幫哀叫連連的他求情，我從窗戶探出頭說：「阿伯，是眞的啦！」當時我的臉紅咚咚的，或許不是洗澡水太燙，而是他那句連沙灘上都聽得到的慘叫聲：裡面那個眞的是我女朋友啦！

「我老媽一直在幫傭。小琴，你也認識的，我們第一次見面時也在的健吾，我老媽就是在那傢伙的家裡當女傭。」

丸山辭了Home Center的工作去東京的消息，是我剛從短大畢業的時候從別人那裡聽到的。那時我已經和丸山分手了，老實說，是我自己從他身邊逃開的。與其說是「從他身邊」，不如說是從他的困境中逃開。

第一次見到他母親時的衝擊，至今仍深深烙印在我心裡。他母親下半身什麼也沒穿地坐在公寓階梯上。

看到母親這模樣，丸山立即推開我飛奔到母親身旁，脫下上衣遮住母親的下半身，扶起呆望夜空明月的母親的肩，一步步慢慢走上階梯。

當時的我呆立在一旁，猶豫該追上去呢，還是轉身回家。有個分身拉著我去追上他們，另一個分身害怕地說「快回家吧」。被兩個分身左右拉扯而陷入恐慌的我捫心自問：「選哪邊呢？那晚在沙灘上說出『有什麼幫得上忙的地方，請儘管說』的我，到哪兒去了？」不過在當時，懷著很抱歉的、真的很抱歉的感覺，高舉雙手投降的是威脅我「快回家吧」的分身。

「昨天，對不起。」隔天一大早就接到丸山打來道歉的電話，我回答說：「不需要道歉啊。」只是，我已經聽不到百萬銷量的偶像劇主題曲了。

從此以後，即使和他去打保齡球，即使一起喝香草奶昔，即使只是妹妹喊一聲「丸山打電話來嘍」，眼前總是閃現他母親的身影：和他交往的同時，也必須和他的母親交往。最後，提出分手的是他，被甩的是我。那時候，我還只是個年滿二十歲的女大學生，希望笑著與人見面、快樂地活下去。好的分身與壞的分身仍在我的身邊跳躍，天眞無邪地現身說：「下次，要去玩什麼？下一次？再下一次呢？」

早一點的話，直輝大概九點左右、未來大概十點左右便會回來。直輝在一家小型電影發行公司工作。曾經問過他的工作內容，由於太過複雜，我不認爲自己能搞懂。未來的工作反而簡單明瞭。她在進口雜貨專賣店當店員，有時要去國外採購。不過，如她自己所說，畢竟只是一份糊口的工作，她的職志還是當藝術家。她在表參道的路上、代代木公園的入口，還有井之頭公園的水池旁擺地攤，把自己的插畫兜售給路過的行人，至今或許有人已經和她接洽了。

直輝與未來的回家時間完全難以掌握，不像良介打工一結束便直接回來。這跟工作的性質無關，而是因爲他們倆雖然性格相異，卻同樣愛好杯中物，從銀座、赤坂、六本木，喝到新宿歌舞伎町，甚至還互相誇下豪語表示這幾區的街道他們沒一條沒醉臥過。只是，直輝醉了回到家還比較好應付，沒多久便可聽到他從浴室傳來的嘔吐聲。這慘絕人寰的聲音一平息，隨即倒頭就睡，發出香甜的鼾聲。只不過，他的夢話並不尋常。例如某天夜裡，我口渴，走到廚房找水，身穿西裝睡在地板上的直輝忽然大叫：「啊，別踩到！」我想他一定以為我會踩到他，於是溫柔地說：「不要緊，不會踩到你啦！」直輝竟然很快起身說話，拇指和食指張著比畫要我看：「這傢伙就這麼丁點大、這麼丁點大，所以……」

「啊？什麼？」

「因為那傢伙就這麼丁點大，千萬不要踩到！」

說完後，他瞪大了眼直視我的腳跟，不一會兒又癱在地板上睡了。受驚嚇的反倒是我，什麼一丁點大的東西嘛！在哪兒呀？躲在哪裡啊！害我一個人在昏暗的廚房裡躡手躡腳地跳來跳去。

隔天早上聽良介說，我才知道那是指經常出現在直輝夢裡的小妖精。良介還聽他說過召喚妖精的咒語呢！

比起未來，直輝的酒品可愛多了。未來一旦喝醉回來，那可真是沒完沒了。她既不會乖乖在廁所吐個夠，也不倒在地板上呼呼大睡，而是一整晚醉醺醺地把她在某家店秀的技藝在我們面前重演一遍。現在，我和良介只要見到她喝醉回來，一定立刻躲回房裡避難。

儘管這樣，未來一個人留在客廳也能手舞足蹈唱著世良公則〈無家可歸的人〉直到天亮。雖然我不清楚別人聽不聽得懂，但我覺得現在應該很少人知道這類歌吧！

即使如此，我還是很喜歡這裡的生活。待在這裡感覺很輕鬆，還能適度保有和別人同住的警覺，更棒的是就算情況改變，隨時都可隨自己高興搬走。如果我說「明天要搬離這裡」，大概也沒人抱怨什麼；就算未來要搬出去，我自己一個也能留下來。

我是個機械白痴，所以盡量不去碰這類東西，但每次聽短大時期的朋友談起網路之類的話題，什麼「聊天室」、「ＢＢＳ站」等，還眞和我們的生活有點相似呢！我不碰網路的理由，除了是機械白痴外，還有以下幾種原因。好比有人說「匿名就能毫無顧忌地談天說地」，但我覺得「唉呀！那麼以前不敢說的壞話或牢騷，不都能隨便亂扯了嗎」，最後變成「我這麼想，大家也這麼認爲啊！討厭，大家都在背地裡說別人的壞話殺時間，眞是無聊」。只是從朋友閒聊中了解，網站也不全然都是這麼充滿惡意的，其中也不乏能夠很友善、愉快地眞心談天的地方。那裡似乎是「充滿善意的場所」，能互相傾吐煩惱，誠心給予對方關懷與打氣。當然，偶爾有一些故意令人不快的留言，譬如，正好聊到「我也曾吃過苦頭，我們互相加油吧」、「謝謝，眞的是這樣耶」等等，總有人跳出來回應「嘿嘿嘿，想不想吸我的小弟弟啊」之類的話。當然，我們會徹底漠視這種無聊男子，因爲那裡是心存善意的人才能自由進出的空間。我認爲，我們生活的這間屋子也是這樣的場所。不喜歡就離開；如果想待著，就要盡情歡笑。當然，因爲我們都是平凡人，有善意的一面，也都有惡意的一面。或許在這裡扮好人的是未來、是直輝或良介，也或許我們只稱得上「表面往來的朋友」，可是對我來說，這樣的關係恰到好處。我並不認爲這樣的生活能持續一輩子。正因爲我們是短暫的交會，才能好好相處，這樣的生活不是更有意義嗎？一打開電視便瞧見有人互相謾罵，翻開報紙便看到爭權奪利的訊息，和朋友聊天就比較起交往的男人……老實說，對人類或是人心的險惡，我感到厭倦透了。或許有人會笑我：不管我厭不厭倦，世上都存在著險惡，如果只想視而不見地過日子，未免太過樂觀了。就算有人這麼說，我討厭就是討厭。

2-2

民主黨候選人淵野豐子的宣傳車擾亂了我的清夢。我沒更改戶籍，不能在這裡投票，否則我絕對只投淵野豐子以外的候選人。不知不覺中，我竟然關心起選舉來了，日子眞是過得愈來愈單調啊。

穿著睡衣走進客廳，浴室的門恰好打開，是個我不認識、腰圍著浴巾的男子。只有瞬間心驚地跳了一下，但心想一定是良介的學弟，於是出聲招呼說：「早啊！」他也有點不好意思地回答說：「啊，早。」

已經過了十點。不過，今天清晨大約四點多吧，和以往一樣相當興奮的未來啪噠啪噠地進了房間，大喊「不行了！絕對不再喝了！也不再跳舞了！」跨過我，鑽進她自己的被窩。想必未來今天也宿醉得厲害，但好像還是準時起床去上班了。

陌生男人頭髮濕答答地呆站著，我指著棚架說：「如果是找吹風機，在那裡喲！」打開男生房門察看，他們倆好像都出門了。

「良介呢？上課嗎？」

我轉過頭問那男人。「啊，嗯。一個鐘頭前就出門了。」他邊拿出吹風機對我說。

「你今天沒課嗎？」

「上課？我？沒有啊？」

「那我可不可以問一下，你今天有什麼節目？」

「節目？沒有……」

「那麼，你可不可以待在這裡，直到良介回來！」

不知是否認爲我盯上他，看得出男人有了戒心。

「不會吧？你要回去了？」

「……留下來也無妨。」

「眞的？」

「嗯。」

「太好了。雖然我總是嘴硬，對別人說『我不無聊』，但其實整天一個人待在這裡，不知不覺間，壓力就這麼累積了。」

那人一副「那就找個地方溜達吧」的表情，看著滔滔不絕彷彿鬼上身的我。他似乎還沒聽良介說過我現在是怎樣在過日子。

總之，我替自己和這人沖泡咖啡。直輝老是將上班前喝完的香蕉蛋白汁的空杯等扔進流理台就不管了，所以我先迅速洗完杯盤，再準備吐司與荷包蛋當作早餐。這段時間，男人已經穿好衣服。他問我濕毛巾該怎麼處理？我指示他捲起來，扔進良介堆了一堆髒衣物的洗衣籃裡。

大概是難得一見吧！那人喝著我沖泡的咖啡，彷彿生平第一次徒手抓甲蟲的小孩，描述起今天早上在這客廳匆忙上演的情節。

「我就睡在這張沙發上，七點左右吧！那裡的門冷不防打開，出來一個男的問我是誰，我回答『我叫小悟』，他又問『誰在廁所裡』，可沒等我回答便衝進廁所。然後不斷進出房間，一下問『今天星期幾』，一下又問『這件襯衫和這條領帶不合吧』、『啊，快開電視轉到富士台，富士台喲！占星節目開始了』。別人還在睡覺，他卻劈哩啪啦地走來走去，把我吵得完全睡不著。我昨晚宿醉，頭疼得厲害，也只好勉強起床。然後，他又說『宿醉嗎？喝香蕉汁可解酒喔』。你瞧，就是用那雪克杯做出來的。他說宿醉的早上喝杯香蕉蛋白汁，什麼都能吐出來。」

「你沒聽良介說嗎？那是他的室友直輝呀！」

我斟滿咖啡這麼問。

「沒聽說。我以爲他一個人住。我被迫喝香蕉蛋白汁的時候，那個人就出現了。」

「未來？」

「沒錯，就是未來姊。哇，那場面眞是糟透了，她好像醉得比我還厲害，甚至可說根本還沒醒，劈頭就指著我問：『喂！你誰啊你？』我說『我是小悟』。她自己要問的，卻反而發火說『什麼跟什麼嘛！幹麼回答得這麼不情願』。」

「那兩人都出去工作了吧！」

「沒錯，都出去了。直輝出門前還嘟囔著『今天牡羊座超幸運的』，而未來大概霸占了浴室有三十分鐘左右，不時還可聽到她發出驚人的嘔吐聲，我嚇了一跳，連忙問『你沒事吧』，但門的那一邊卻傳來很平靜的聲音回答說『這樣才能把酒蟲嚇跑』。一陣慌亂中，良介出來了。他大概做了一場恐怖的噩夢吧！走出房間，和我四目交會，他一臉苦惱地說：『到頭來，我只是個沒用的男人啊！』我心想：你跟我講也沒用啊……不由自主地移開視線。接著，從浴室出來的未來要良介送她到原宿，因爲距良介上課時間還早，可未來又說『下次我幫桃子加油好了』。雙方同意交換條件之後，過九點吧，兩人就一起出去了。」

小悟的一番描述，對我來說其實是很稀鬆平常的事，每天在這客廳上演的平凡劇情。

「他們兩人出去之後，我以爲能再睡一會兒，卻完全沒了睡意，沒辦法，只好帶著醉意起床，進浴室洗個澡。才洗完出來，你就從那裡出來，向我打了今天早上的第一聲招呼。喂，這屋子裡到底住了幾個人？之後，還有誰出現呢？」

「不會再有其他人出現了。」我笑著說，把沾到荷包蛋蛋黃的兩人份盤子疊在一起。

洗完澡後，我帶小悟去站前的柏青哥店。最近，我迷上「如果在柏青哥中到大獎，丸山就會打電話來」如此毫無根據的吉兆，但沉迷其中的反而是小悟。

回程中和小悟吃了三一冰淇淋的薄荷巧克力，接著去超商查看偶爾登有丸山報導的雜誌（《anan》或是《JUNON》）是否出刊時，小悟說：「我該回去了。」心想若在這裡被放鴿子，又要一個人待到晚上，於是硬拉著他說：「喂，回家去玩『惡靈古堡2』吧！」

就在那時候，八天沒聯絡的丸山打電話來。對我來說，這可是比玩柏青哥興奮太多的事。一掛斷他邀我見面的電話，我忍不住轉身抱住小悟。抱住他時，我嗅到一股奇特的味道。我想是從小悟頸間散發出的味道，既不甜膩，也不似柑橘香味，反而有點像汗臭、乾枯的土壤味，令人覺得不可思議。

「待會兒我就要和男朋友見面呢！他突然有空耶！」小悟猝然被我一把抱住，起初愣了一下，然後只是微笑地看著仍然興奮地說著話的我。

我很快換好衣服、費心化好妝走出女生房，小悟從沙發上站起來說：「一起走到車站吧！」真的很過意不去，明明是自己邀他回來打「惡靈古堡2」的，卻把他一個人留在客廳。

「良介就快回來了，要不要在這裡等？」我語帶歉意地說。

他有點尷尬的表情回答：「不用了。一起出去吧！」

由於他直盯著我看，我問他：「怎麼啦？」他說了一番令人高興的話：「你應該經常這樣打扮，還是少穿運動服吧！」

從千歲烏山搭京王線到了新宿，和小悟分手。「再來玩吧！」我說。

「真的？」他一臉開心的模樣。

「是啊！下次一起打『惡靈古堡2』吧！」然後我們互相微笑道別。

和丸山大都是在惠比壽的一家小飯店房間裡碰面。他的宿舍在澀谷區東三丁目，離這裡不到五分鐘。若你問我有什麼想跟他說的……不是啦，如果用自己的話，總攙雜著不必要的措詞或不安，似乎很籠統，所以不如套句未來的話：「就以拿錢辦事來說，應召女郎都比你懂得討人歡心。」的確，和忙碌的丸山在飯店短暫的相聚，眞要說能做什麼，除了「辦事」之外別無其他。在他下個工作前的時間有限，心裡總計算著要花多少分鐘洗澡、幾分鐘做完前戲、幾分鐘……若說我從不曾在心裡浮現「應召女郎」身影，那是騙人的。

「哪有當紅的演員把以前的女人叫去飯店呢？」未來說。

「那是因爲他都臨時才有空嘛！」我說。

未來的確這樣數落過我，但我絕不是應召女郎。就算她嘲諷說：「喔，那你是不拿錢，用愛付費就夠了的應召新手吧？」我也能很有自信地回應她說：「才不是這樣呢！」

何況，沒有男人會把應召女郎介紹給公司的同事或上司。丸山的頂頭上司就是經紀事務所的社長夫婦，至今我已經三次獲邀到那社長家吃飯。社長夫婦長得很像東尼．谷與扇千景[3]。丸山當然是以「戀人」的身分向他們介紹我。雖然社長夫婦當作沒聽到，但用完餐後，我在廚房幫忙洗盤子時，長得像扇千景的社長太太提醒我「那是Wedgewood的盤子」，又說：「從以前就聽過你了。『我有個心愛的戀人』——丸山是這樣提到你的。」男人會把心愛的人當成應召女郎嗎？

此外，他沒要我去宿舍，而把我找去飯店房間，那是因爲他母親就住在宿舍。雖說是宿舍，卻是三房二廳的普通公寓，半年前那裡還住了另一個新人。聽說自從丸山搶先那人出道之後，那人便像個小媳婦一樣，怒氣沖沖地跑回故鄉岸和田了，現在宿舍裡只有丸山和他母親一起生活。如果沒遇上社長夫婦，我也早料到丸山會帶著生病的母親在藝能公司的宿舍生活。可是，了解社長夫婦爲人後，我總覺得能夠理解丸山信任他們、決定要在東京努力的理由。

社長夫婦好像在丸山念高中時就已經相中他。的確，光憑他那張迷死麥當勞服務生的笑容，便具有超級的吸金魅力。就算再怎麼鄉下，女高中生之間「那所高中有帥哥」的傳言最終傳入藝能公司社長的耳裡並不足爲奇。

可惜的是，丸山母親的病症比數年前更惡化了，醫院診斷是更年期障礙導致的重度躁鬱症。

3 東尼．谷是昭和初期的輕音樂喜劇演員；扇千景出生於一九三三年，原為寶塚女伶，後從政，曾擔任交通省大臣。

「沒發病的時候，她是世界上最好的母親。世上沒有比她更棒的母親了。只是，一旦發病……該怎麼說呢？我認爲，自己就得扮演世上最好的兒子。」

在社長夫婦的安排下，他母親現在每週去醫院報到一次，接受專科醫生的診療。當然，丸山有工作時，就由事務所的員工暫住在宿舍裡照顧，並負責接送她去醫院。

雖然丸山笑說「如果這張唱片不賣，我一生就必須在社長夫婦的操控下生活」，我卻有點羨慕他已經找到值得賭上一生、甘苦與共的人物。

無論我怎樣央求，丸山都不帶我去他和母親一起住的宿舍。當然，我不會再隨便說出「如果有什麼幫得上忙的，務必告訴我」這種不經大腦的話。數年前那個只求輕鬆快樂過日子而臨陣逃脫的自己，如今已沒有任何以爲自己幫得了別人的高傲心態，有的只是誠實以對的想法。一旦我央求「讓我和你母親見面」，丸山便說「如果再被甩了，我可就站不起來了喲」之類令我想去自殺的玩笑話。只是，我也從沒爲那時的事向他賠不是。因爲，如果我道了歉，丸山一定得原諒當時那個愚蠢的我。

「喂，爲什麼會再見我？」

在東京的第二次約會，我提起勇氣這麼問。

「幹麼問爲什麼……因爲還很喜歡你啊！而且，你突然打電話來說『現在我在東京』的時候，我眞的很高興呀！」丸山這麼回答。

「即使是那樣分手了？」

「怎樣的分手？」

「就是……」

「看到我母親，轉頭就跑了？」

「……」

「我從小就不太相信一開始就裝好人的人，這道理在演藝圈也很管用。」

丸山以非常靦腆的玩笑方式，點出自己是個二線演員的心態。

在新宿車站和小悟分手、到達惠比壽的飯店，正好是接到丸山電話的兩小時後。在櫃台問了房間號碼，焦急地搭乘緩緩上升的電梯走向房間，可是敲了好幾次房門也沒人回應。我再回到櫃台，請他們打電話到房間。

隔了十七天才見到的丸山看起來相當疲倦，根本沒察覺有人敲門，一直熟睡，臉頰上還留有枕頭套的蕾絲花紋印痕。之前見面時聽他說過出道的單曲唱片《泥》（認爲不會大賣）終於進入錄音階段。如今爲了拍封面、宣傳帶、雜誌的採訪、上深夜廣播節目、洽談下一部擔綱的連續劇等等，每天分秒必爭地在工作。

然而，這麼忙碌的他竟還打電話給我說：「突然有半天休假。」每次未來、直輝和良介想勸我些什麼，我總是替丸山辯解：他既沒和女主播之類的明星走在一起，也沒對與日俱增的影迷出手。只不過這份信心並非來自我跟他兩人的愛，而是來自他的行事曆。他的行事曆上排滿了母親看病與工作的時間表，打開任何一頁都擺明了別說是出軌，連看A片的時間也沒有。

我們一見面便相擁親吻，飛撲至床上。衣服都還沒脫盡，丸山那話兒便興致勃勃，我半開玩笑地說：「挺有幹勁的，是嗎？」他不好意思地笑說：「是累壞了啦！」雖然他說的事實，但我寧願他說「太想見你了嘛」！

「這次的連續劇，演什麼角色？」

裹著毛巾的我邊問邊脫衣服。

「演一個因手臂受傷、放棄當職棒球員而成爲運動攝影師的角色。」

他同樣邊脫衣服回答。不知是否因爲睡到剛剛才醒，不經意碰觸到他的肩膀，感覺有點熱。

「其他演員有誰？」

「這個嘛！有松島菜菜子。」

「那個松島菜菜子？見過了嗎？」

「見過了喲！」

「怎麼樣？可愛嗎？」

「當然嘍，可愛到光是站在她旁邊都覺得胃痛。」

丸山給了個長吻。他喜歡親吻，討厭我從背後抱他。如果眞有所謂的性愛吻合度，我們可以算合格吧！我們的性交雖不至完美到想讓人看見的地步，但也不覺得被人看見了會覺得羞恥。最近，丸山熱中的花招不能說是有品味的方式，例如幾秒套上保險套。當然他不至於要我拿著手表「計時」，通常是在套上後瞄一下自己的手表。仔細瞧他的表情，立刻知道他刷新了自己的紀錄。

我們輪流洗澡，在床上纏綿到他不得不回去工作的時刻。他的身體還有點濕，髮間散發出飯店提供的便宜洗髮精氣息。

我逗弄著他的手指，凝望兩人扔在椅子上的衣物，他突然說：「對了，前一陣子，半夜結束工作回到宿舍，我床上竟然躺了一個不認識的女人。」

「不會吧！」

我吃驚得猛然抬頭，正好撞到他的下顎。

「痛啊……咬到舌頭了啦！」

丸山吐出紅腫的舌頭。我抓著他的舌頭問：「你的影迷嗎？」

「大概吧……何況她什麼也沒穿。」

由於舌頭被抓住說話，丸山都快吐了。

「然後，怎麼樣？」

「嗄？當然是抱住她嘍！」

丸山轉動嘴裡的舌頭。

「不會吧？」

我瞪丸山。

「眞的啊！因爲是影迷嘛！」

「只因爲她是女影迷，又隨便闖進人家家裡，脫光了躺在床上？」

「省掉了脫衣服的麻煩，不是很好嗎？」

說著說著笑出聲來，一聽就知道他說謊。想讓他再咬到舌頭一次，作勢要衝撞他的下巴，他靈巧地閃開了。

爲了不吵醒睡在隔壁房的母親，丸山輕聲地花了兩小時說服這個不請自來、全裸等在床上的女影迷。幸好這影迷還算理智，不是什麼不正常的女人。「你啊！太單純了，要懂得成爲一個更有頭腦的女人。例如，故意忽視喜歡的男人，以吸引他的注意。」對丸山的勸說，女影迷回答：「我不喜歡耍心機談戀愛。」據說兩小時後她終於離去。

丸山沒把我的擔心放在心上，只是笑說：「現在她一定在家裡的電視前，不看我的節目。」還自豪地說：「她所有的事，我都打聽得一清二楚！包括愛吃的食物、喜好的顏色、喜歡的電影……」

「那她喜歡什麼電影？」我問。

丸山的表情有點緊張。「《小鹿班比》啊！」我覺得回答《悲慘世界》的人比較容易應付，嘴上雖然一笑置之，心底卻相當害怕。

到了不得不分手的時刻，丸山那話兒又變得很興奮。他笑著說「二十分鐘後得回到澀谷的錄音室，省了哪個步驟好呢？」我回答：「絕對不可省掉最初和最後的吻。」

結果，在僅剩的時間裡，他只親了最初與最後的吻。我開玩笑地說：「會不會太馬虎了啊？」

「這可是要收錢的。」他使勁撐開鼻翼，把我逗得笑了。

出了房門搭電梯往一樓途中，他露出奇妙的表情說：「之前也說過了，我們得暫時維持這種狀況。因爲我才剛起步，想要全心拚事業。如今也一樣，沒辦法給任何承諾。你這樣也無所謂嗎？」我也和之前一樣，毫不猶豫地回答：「這樣就夠了。」

「待在家裡都做些什麼？」他繼續問。正想回答「都在等你的電話」，卻因爲他說「帶著手機，隨時都能外出吧」而沒說出口。但考慮到如果我說「可是沒地方可以去」又會造成他的負擔，所以只好說謊：「不是提過一起住的朋友是插畫家嗎？我在幫她的忙！」

「生活費怎麼辦？」

「工作過一陣子，存了一些錢。」

「總不能一直這樣下去吧？」

「沒錢了，就再出去工作。」

走出飯店，剛好停了兩輛沒載客的計程車。我們裝作不認識，各自搭了一輛車。司機望著坐進前一輛車的丸山說：「咦，那人不是電視上的明星嗎？」我歪著頭說：「是嗎？」

「啊，對了。就是之前被『江倉涼』甩了的男生嘛！」

司機說完，才打方向盤開動車子。不僅是年輕女孩，連計程車司機也認識他。丸山那話兒爲什麼比平常還有幹勁呢？我心裡突然不安起來。

在計程車中，我想起丸山所說的話：「總不能一直這樣下去吧？」說實在的，積蓄已經用光了。解決辦法就是拿「我現在有件事非做不可，所以請相信我」當理由，騙父母寄來生活費。母親知道我是爲了追以前的男友而離家出走，所以她偶爾在電話裡勸我：「人哪，是追得愈緊，逃得愈遠喲！」儘管如此，到了月底，母親一定說服父親寄錢給我，理由不外乎「如果交往順利，就會結婚吧」之類的世俗說法。正因爲如此，我更是打死也不敢說出對方是當紅演員之類的話。萬一事情敗露，別說是寄生活費，可能明天就有個「使者」前來把我架回去。

說實在的，連我自己也不清楚想要怎樣。何況對方只在突然有空時才打電話叫我到飯店，又無意住在一起，當然我也不認為將來有步上紅毯的可能。就因為如此，如今最不想聽到的就是「那麼，你想怎樣呢」之類的問題，如果哪天眞的有人這樣質問，我只有一頭撞死。「這樣根本沒有將來嘛！」直輝說。「簡直浪費時間！」未來也說。只有良介一人表示：「我理解。那種心情，我非常了解呢！」可惜這種話聽了也沒有比較高興，甚至不希望被他這個無憂無慮的大學生所理解。

回到千歲烏山的公寓，已經過了晚上八點。走進客廳，難得大家都在，一見到我回來，未來立刻以非常嚴肅的表情問：「那男孩是你帶回來的？」

「哪個男孩？你指的是哪個啊？」

我輕鬆地回答，還不斷重溫腹部下方殘留的溫存感。不知下次何時能再見面，如果可以的話，眞希望這種溫存的感覺能夠停留到下次見面。

「看吧，琴根本沒見到他。」未來說。

「小琴起床的時候，他已經不在了嗎？」良介說。

「我還請他喝香蕉蛋白汁呢！」

三人無視仍沉醉於感官餘韻中的我，滿臉嚴肅地挨在一起討論。

「我一直以為是良介的學弟哩！」直輝說。

「我也這麼以爲。」未來說，兩人一起看向良介。

「不是說了，我也不知道呀！連見都沒見過。我以爲是未來喝醉帶回來的⋯⋯」良介連忙將矛頭指向未來，但未來和直輝卻搶先轉移了話題：「喂，大家眞的沒掉東西嗎？」

即使還沉醉於感官餘韻中，我也終於明白三人在討論小悟的事。

「喂，等一下，你們該不是在說小悟吧？」

三人同時抬頭看著我。臉上都流露出「你看，果然跟她有關！」、「接下來怎麼了」那種急著想知道的表情。

「你們在談小悟吧？」

我戰戰兢兢又問了一次。

「是你帶回來的嗎？」

「搞什麼嘛！原來是小琴的朋友呀！」

「小琴還眞看不出來耶！那男孩那麼年輕。」

三人似乎都誤會我的意思，連忙澄清說：「等等，我也不認識他！」

「剛剛你還說出他的名字叫小悟，不是嗎？」未來說。

「你們不是在討論今天早上待在這裡的男孩嗎？」我問。

「沒錯，就是那男孩。」

「不是良介的學弟嗎？」

我向良介求助，他轉開頭。「我已經說了，不是！」

「等等，到底怎麼回事？那男孩究竟是誰？我還做早餐給他吃，帶他一起去打柏青哥呢！」

「打柏青哥？」三人吃驚地異口同聲說。

我從直輝和良介兩人中間擠進去，加入了剛才還被排拒在外的嚴肅圓桌會議。

四人七嘴八舌地爭論，昨晚最後回家、忘了把門鎖上的是誰？從互相推諉這不值一提的責任爲開端，甚至擴大討論到日常所欠缺的防犯意識、在犯罪之都東京生活的心理建設等。之間不知誰好幾次問起「眞的沒被偷走什麼嗎？」大家便慌張地回到各自的房間，再回到座位後紛紛嘀咕說「還好什麼都沒被偷！」、「五百圓銅板的存款還在」。不知不覺間，我們開始畫起肖像畫，以備日後發現東西失竊時報警之用。由於我和那人的相處時間最長，他們完全視我爲共犯，要我向本業是插畫畫家的未來詳細描述那人的長相特徵。

一見到完成的肖像畫，直輝說：「在這裡見到他的時候就想到了，總覺得他長得很像某個人。」於是，大家又花許多時間爭論他到底像誰。

「你們看，像不像《兩小無猜》那部電影裡的男人？」最先發言的是未來。的確，說起來眞有幾分神似，只不過他不像看過《兩小無猜》那種電影的年紀，只有這點，大家的意見還挺一致。那麼，他究竟幾歲？討論一會兒後，歸結出小悟應該是十七歲的高二生。

討論出年齡之後，大家又重提起他爲何出現在這裡。討論到一半，直輝和未來想開紅酒來喝，我和良介也搶著喝。

「通常會趁我上廁所的時候逃走吧！」直輝說。

「就是嘛！小偷怎麼可能故意睡回籠覺，等到小琴起床呢？」良介說得的確沒錯。

「喂，我想應該是未來喝得醉醺醺帶回來的吧？」

這意見我說過好幾次，但未來總是否認。「才不是呢！」甚至有點傲慢地抬高下巴說：「十七歲的男孩幹麼要跟著我回來！」

「昨晚，你在哪裡喝酒？」我問。未來彷彿回想遙遠的過去似的，結結巴巴敘述起昨晚的事。

「昨天夜裡上晚班，離開店的時候已經九點了！社長吆喝說去吃點東西吧，於是去了赤坂的沖繩料理店，之前和直輝一起去過的那家！」

「那家苦瓜不苦的店？」

「有不苦的苦瓜嗎？」

「拜託你們！別扯遠了。去了沖繩料理店，然後呢？」

「然後……啊，對了，在那裡喝了不少燒酒。那種酒眞是夠勁！然後，和社長一起前往下北澤的夜店，就是良介朋友打工的……」

「『布洛斯基』？」

「對對。在那裡又大口灌了伏特加。這麼巧，麻里奈媽媽桑也來了。『唉呀！你們都在忙些什麼，好久沒見了。』媽媽桑這麼一說，我們就直接去她新宿二丁目的店了。」

「然後呢？」

「然後，可能是意識不清……也可說不記得了……」

「看！你一定是在那兒認識那男孩，然後就帶他回來了。」

「我根本沒印象了嘛！剛剛打電話問了麻里奈媽媽桑，可是她說沒那樣的男孩，過了兩點，拉烏拉和席爾巴那就抱著我離開了。」

「拉烏拉，就是那個長得像織田無道[4]的傢伙？」

未來訓斥良介：「你不可以這樣隨便說人家長得像誰，他本人非常在意的。」

「結果，就只剩我和他在空蕩蕩的屋裡，又去了柏青哥店？」我漸漸覺得恐怖起來。竟然在空蕩蕩的屋內對他說「有空再來」！

大家又繞回原來的話題，甚至還搬出「鬼屋傳說」。當傳說好不容易告一段落，大家多少對這話題感到厭倦，打算今晚到此爲止，因此有人建議輪流去洗澡。這時，門鈴突然響起。

大家正要起身，很快又坐下來面面相覷。

「該不會是他回來了吧？」

「不會吧！」

唯有這時候，腦海裡會閃過「還好和男生一起住」的念頭。「門、門上鎖了

4 自稱有靈力的法師，近年也上電視節目。

嗎？」爲了確認門鎖，於是勇敢的直輝領頭，良介跟隨在後，我和未來則緊緊手挽著手往玄關走。

直輝從窺視孔往外瞧。「外面有……有人。」說完回頭看我們。良介順手抄起一旁的傘，我和未來沒東西可抓，只好擺出空手道的架勢。

「要衝出去抓人嗎？」

良介附和，直輝壓低聲音說：「走吧！」就在這時候，門那一邊傳來小悟那有點節奏的叫聲。「未來姊——」

「咦？我？」

未來不由自主擺出空手道的姿勢。「有人在嗎？琴美姊、良介哥、直輝哥……」小悟接連叫起每一個人的名字。

最先有反應的是直輝。他在門鍊掛著的狀態下打開門，單刀直入地問：「想問你一個問題，今天早上你是怎麼進來的？門沒上鎖嗎？」

門外傳來小悟戰戰兢兢的回答：「你問我怎麼進來？是未來姊開的門啊！」門這一邊，我們一起瞪向未來。當然，我也甩開了未來的手臂。

「不、不會吧！」

未來又演起我們從未見過的新戲碼。仔細想想，以前也有好幾次未來喝得醉醺醺之後把酒店酒客帶回來的事。

直輝取下門鍊，打開大門。不死心的未來繼續演出老掉牙的戲碼說：「拿出證據來！證據在哪裡！」

「一時之間，要我去哪裡找證據……」站在大門口的小悟說：「啊，同行的還有個叫拉烏拉的。」良介問他：「你覺得那個拉烏拉長得像誰？」小悟回答說：「像化了妝的織田無道。」

「我們是在哪裡遇見的？」

未來似乎還打算硬拗下去。

「你竟然還問哪裡？就昨天晚上，我站在公園裡，未來姊突然跑過來抱住我說『找到了』！雖然我拚命掙扎地叫喊『你是誰啊？快放開我』，你還是硬拉著我去酒吧，不是嗎？」

「拉烏拉也一起嗎？」

「他只到半路。」

「然後，我就把你帶回這裡？」

「是的。」

「硬拉著你回來？」

「是你說的，如果不和你一起搭計程車，就要在靖國通的馬路中央上大叫啊！」

我們像一群被耍了的笨蛋，走回客廳。原來，未來離開了麻里奈媽媽桑的店後，在公園逮到小悟，一起去喝完酒後，硬把人家帶回來。

「誰要先去洗澡？」良介問。

「小悟是吧！好了，快進來吧！」直輝招手邀他進來。

「這女人啊！暫時會在這裡演戲。我們別理她。」我不理會繼續裝蒜的未來，把小悟帶進客廳。

相馬未來

24歲，插畫家兼雜貨屋店長

現在，尋覓人生買醉中

3-1

現在這時代，只要有兩個星期時間，環遊世界一周並非夢想。對於不喜歡匆忙趕場的自助旅行者，坐巴士遊覽越南農村、遠眺農民辛勤工作的身影，便能享受「找尋自我」的樂趣。不過，我不知道這樣究竟能找到怎樣的「眞實自我」。說不定他們找到的「眞實自我」迂腐得令人吃驚，最後只好夾著尾巴逃回日本呢！我眞的不知道。

我認爲自己是個不討人喜歡的女人。不過，如果是個爲了「找尋自我」而跑去越南體驗農民生活的背包客這麼批評我，那我寧願繼續當個不受歡迎的女人。說得更清楚一點，就是他們這些人讓我變成這樣的女人，也因爲如此，我要代替淳樸的越南農民說句話：

「我們在工作，你們卻在田邊走來走去盯著我們瞧，眞的很礙眼耶！」

在日本社會中，想貫徹人道主義，只有當個令人討厭的女人。

總之，只要有兩星期空檔就足以做很多很多事了。走一趟書店，甚至找得到

《兩星期恢復視力》、《兩星期輕鬆瘦身的丹麥雞蛋料理減肥法》、《兩星期編織愛的圍巾》、《兩星期通過英檢一級》，甚至有《以人格學爲依據，讓九成蹺班生兩週內回學校》如此誇大的書刊陳列在台面上。

我認爲，到目前爲止大家都自信滿滿地宣稱：兩個星期無所不能，只要有兩星期，說不定我都能變成妮基．德．桑法勒[1]。

兩星期……我喝醉帶回來的那個名叫小悟的少年，很快地，他在這間公寓生活已經超過兩星期了。

3-2

一早起來，一時興起決定替冷凍庫除霜，不知何時良介來到我身後。由於非常專注在除霜，根本沒發覺他從男生房走出來站在我背後，直盯著我看。

「嚇死人了！走到人家背後，好歹也出個聲音嘛！」我提醒他，他反而怪我：「你才嚇人哩！我哪敢出聲啊！」

1 Niki de Saint Phalle（1930-2002）：法國藝術家、雕塑家。

的確，清晨四點半在一片漆黑的廚房裡替冷凍庫除霜的女人，或許眞的很令人討厭。可是我更想知道，眞的可以嫁給討厭這種女人的男人嗎？好比我的母親，三十年來每天從不忘記問我們「今晚想吃什麼」。

良介從冰箱中取出富維克礦泉水，咕嘟咕嘟地大口暢飲。有必要補充這麼多水分的人，睡相究竟是什麼模樣？良介把礦泉水放進冰箱內，又問了一次：「你到底在做什麼？」我回答說：「這樣你還看不出來？」接著把冷凍庫深處牢牢黏住的冰霜取出來。

「除霜？」

「是啊！你以爲我在做什麼？」

我有點生氣地回答。穿著睡衣的良介輕輕拍了拍我的肩膀，說了句莫名其妙的話：「這下可以放心了！」

「什麼意思？」我問，但良介只是打了個呵欠，什麼也沒回答就走回男生房。不過如果他說「冷凍庫裡有怪聲哦」，或許會讓我更加不安吧！

良介眞是個遲鈍的笨蛋，看到清晨四點半在廚房除霜的女人，也不會關心地問一聲「發生了什麼事」，聽到人家說「在除霜」，竟然就安心了，這種人眞是遲鈍又愚蠢！人生苦短，這麼笨的男人我也懶得管，只不過覺得這麼笨的我居然也不討厭，難怪嫁不掉。就在這時，牢牢黏在側面的巨大霜塊終於順利取下來。

客廳的沙發上還不見小悟的蹤影。自稱「小窪悟」的他，十八歲，現在從事「夜間工作」。他只提供了這些訊息，不過大家也沒有任何疑問，就這麼和他同寢共食，而且相處融洽。

有一次，小悟不在而其他三人正好齊聚客廳時，我趁機問：「喂，你們難道都不在意他在做什麼嗎？」

「不是從事夜間工作嗎？」直輝這麼回答。

「所以嘍，是從事什麼樣的夜間工作呢？」

聽我這麼問，小琴回答：「不是酒吧的服務生嗎？」

「在哪裡？什麼樣的店？」

看我窮追不捨，一直看著小琴塗指甲的良介說：「在新宿啦！我開桃子送他去過好幾次。」

之後直輝要出去慢跑，談話就中斷了。

小悟有所隱瞞，但我沒有多嘴的資格，因爲是我從新宿二丁目把他撿回來的。當時他所在的公園是男妓的大本營，那些男妓經常和客人上旅館、趁客人洗澡時偷走錢包。根據麻里奈媽媽桑的說法，在那座公園廝混的年輕人不見得全是不良少年，「其中也有不少心地善良的男孩」。我自己也認識幾個本性不錯的男妓，偶爾在公園附近遇見他們，還和他們一起去喝酒。他們都是十七、八歲、沒什麼心眼又有趣的大男孩。

的確，即使小悟是男妓，從這兩星期來的相處，我也不認爲他是壞人。不過，我覺得還是應該要有一定的戒心，特別是大家毫不懷疑便提供客廳的沙發，遲鈍的良介還開車送他去「上班」。

除完冷凍庫的霜，天已經亮了。清晨五點打開窗戶，讓微冷的風拂過臉頰，心情相當愉快。玄關傳來「喀嚓」聲，小悟提著在超商買的小菜回來了。「你剛起床？還是根本沒睡？」他悠哉地問我，把羊栖菜、炒牛蒡、芝麻豆腐等家常小菜排在餐桌上。

「怎樣？今晚賺到錢了？」

我若無其事地問。小悟瞄了我一眼，有點欲言又止，但仍浮現出一絲淡淡的微笑，並豎起三根手指。

「是三個人？還是三萬？」我問。

小悟臉上掛著意有所指的笑容說：「我的意思是三根。」

不是我自誇，我絕對有識人之明。我認爲不必刻意提醒小悟，他這個年輕人也絕不會給我、直輝、琴或是良介增添任何麻煩。

3-3

我畫插畫的靈感大多來自男人的軀體。例如，留有鬍碴的下顎，或是肚臍邊長了毛的下腹，或是上臂的二頭肌，或是腰骨、腳趾甲，然後把男人軀體的一部分和腐敗的水果、髒污的雪等拼貼成插畫。

我經常利用女生房裡的蘋果電腦繪圖，有時畫得忘我直畫到清晨。如果成果不好，往往拿印表機或滑鼠發洩情緒，或是抱著頭念念有詞。一旁的琴卻睡得很沉。哪怕我播放披頭四的〈Anarchy in the U. K.〉、貝多芬的〈第九號交響曲〉合奏部分，也吵不醒她。說難聽點她是少根筋，說好聽一點她是天不怕地不怕。不論是搭陌生男人的卡車突然跑來東京，或是毫不猶疑就和沒見過面的兩個男人在這屋裡一起生活。從孩提時代，不論誰看到她，總是極力稱讚她「好可愛」、在學校裡一定是班上男同學的夢中情人——琴的確具備了這種人生的女人所擁有的樂觀本錢。

某天夜裡，和琴聊到海藻面膜之類的話題。我躺在床上，琴窩在地板上的被窩裡。聊到兩人都覺得該睡覺時，琴說：「關燈吧！」距離電燈開關比較近的是我，只不過我覺得要起床關燈很麻煩。

「喂，不是有種裝在日光燈上的拉繩式開關嗎？改天我們房間也加裝一個吧！」

聽我這麼提議，琴問：「是那種把手上附有小海豚的嗎？」

「不是海豚的也行啊。你不覺得這種東西很方便嗎？不必爬出棉被就能關燈了。」

平常總是說「好啊」的琴，卻難得對這個提議表示不滿。她說：「可是，方便的東西通常品質都很差耶！」

若要我舉一個在這狹小房間裡與琴和平共處的理由，我會毫不猶豫地舉這一夜琴的對白為例。

記得琴曾說過：「對我來說，這裡的生活就像網路聊天室一樣。」那時只覺得她又要說些莫名其妙的話了，所以也沒搭腔，事後想起來，確實也不能否認沒有這種感覺。與其說是這裡的生活像，不如說待在客廳時眞的很像在聊天室。例如，走出女生房到客廳，大抵上都有人在那兒。不是琴和良介在看電視，就是良介和直輝在比腕力。當然也有我一個人呆坐在沙發上的時候。可是沒多久，必定又有誰來加入。

不過，網路聊天室中，基本的權利就是隱姓埋名，可是這裡不行。別說是本人了，連父母的名字大家都一清二楚。世人都相信匿名反而暴露出人類的本性，可是，眞的是這樣嗎？如果因爲匿名便爲所欲爲，那我絕不會暴露出眞實的自我，反而會誇張加三倍地僞裝自己。如今世上興起一股追求「活出自我」的風潮，彷彿是一種美德，但所謂活出自我，只不過是「怠惰邋遢的生物」。

或許，琴所想要表達的就只是這樣而已。爲了在這裡活得開心，只好自己扮演最適合這裡的自我。何況這裡沒人要求你認眞演戲。如果想要認眞演戲，不如離開這裡，到文學座或「圓」[2]劇團去。

舉例說來，是這樣的：

2 文學座是一九三七年所成立的劇團，講求藝術至上主義。圓劇團則是在一九七五年成立，網羅相當多硬底子的演員。

在這裡生活的我，是一個我所創造出來的「這屋子專屬的我」（這屋子的我是不能太認眞的）。因此，眞實的我並不存在於這屋子裡。我認爲，和居住在這裡的人（包括良介、琴、直輝、小悟）相處融洽的是「這屋子專屬的我」……可是我很難確定他們是否和我一樣，也創造出一個「這屋子專屬的自己」。如果眞實的他們也不存在於這間屋子裡，那麼這裡就變成一個沒有人在的空屋了。如果這是間空屋，那就更是無拘無束，也不必特意創造出什麼「這屋子專屬的我」，而我也能大膽做自己、自由自在生活下去……不、不對，我之所以能無拘無束生活下去，是因爲這裡是間空屋。可是，爲了讓這裡成爲一間空屋，就必須有「這屋子專屬的我」存在。總之，能創造出「這屋子專屬的我們」的，只有我們自己，所以這屋子裡才會有睡相很差的良介、一天到晚看電視的琴、一大早便喝香蕉蛋白汁的直輝、明明是個年輕人卻愛吃羊栖菜的小悟，當然還有我，而使得這裡呈現出令人窒息的客滿狀況。雖然客滿，實際上又是空屋。可是，正因爲是空屋，所以才會客滿……愈說愈糊塗了。

3-4

今天由於值晚班，中午前便起床。淋浴之後，我叼了一塊廚房裡剩下的握壽司，打算就這樣出門。走到玄關，卻看見琴蹲在散亂的鞋堆中、正從信箱孔往外窺視。

「你在做什麼？」

聽到我這麼問，琴連忙轉身，食指壓在唇上「噓」了一聲。

「怎麼了？誰在外面？」

「噓——」

琴這麼表示，臉又湊近信箱孔。我屁股一用力，頂開琴的身體，在她身旁蹲下來，也從信箱孔往外看。走廊上，良介和４０２號房的男人正在交談。

「那不是良介嗎？他在做什麼？」

我在琴的耳邊小聲說，琴以女星片平渚在「火曜偵探劇場」中的表情回答說：「我要他進去臥底調查。」

「什麼！臥底調查？」

「就是要良介假扮尋芳客，潛入402號房。啊，噓！」

被琴一推，我跌坐在直輝的慢跑鞋上。

「那就下個月的四號。」

聽到良介從門那邊傳來的說話聲。402號房的男人好像進屋了。琴起身緩緩打開大門，迎接有如偵探劇中菜鳥刑警的良介。

「怎麼樣？」

「一切順利。」

「那對方是坦白招認嘍？」

「起先，我很有技巧地說：『我已經知道了喲！』對方卻佯裝不知說：『你在說什麼？』可是，當我說：『如果向管理公司舉發，不就完了嗎？』他才說：『真拿你沒辦法……不過，我們不收年輕客人耶！而且我們的營業時間只有滿月前後三天以及新月前後三天，這個月的預約都滿了，所以不可能。』後來又說：『如果是下個月四號就行。』於是，我和他預約那一天。哪哪，真相就要大白了。」

「沒錯！啊，可是……」

「怎樣？」

「沒有，對方既然已經承認了，那就沒必要潛進去調查啦？」

「嗄？不幹下去嗎？」

我還坐在玄關上聽琴和良介的對話。良介終於發覺我在他腳邊，於是出聲問：「你在做什麼？」我靠良介拉著我的力量站起身，坦白說出感想：「你們倆是笨蛋啊？」

這兩人根本不理我，走回客廳時還爭論著。

「那他要價多少？」

「原本好像是三萬，因爲是鄰居，所以只拿兩萬。」

「什麼？要這麼多！」

我穿好鞋子朝屋裡大喊：「我出門嘍！」但傳回來的不是「慢走」，而是兩人大聲爭論的聲音。

「太貴了啦！」

「很便宜啊！」

我不知兩人是否當眞要幹，不過要是我，才不管隔壁是應召站或是盜版錄影帶工廠呢！不過，若是他們在半夜洗衣服，或是不做垃圾分類，我就會不爽地跑去抗議。

3-5

我任職的進口雜貨屋，主要賣的是蠟染布，還有印度、峇里島的裝飾品等。公司在原宿有兩家店，川崎和本牧各一家，而我是原宿二號店的店長。

四年前，我在表參道的咖啡店找社長愼二先生面試，他大概太想和人說話吧？喋喋不休吐了一個半小時的苦水。大學畢業後，他任職的成衣公司倒閉，向父母借錢重振旗鼓，開了一家進口墨西哥皮革製品的公司，但合夥的朋友卻捲款潛逃。據說，那朋友是高中時代的好友，他以爲兩人是一輩子的交情。爲了找尋友人，社長來回奔波於冬天的旭川，有一天快累癱了，走進一家拉麵店，嚐到熱呼呼的拉麵時竟然流下不甘心的淚水……聽到這兒，我也不由自主地跟著流淚。社長自己邊拭淚還安慰我說「別哭了」。「不過，這樣也很好啊？一路辛苦走來，現在總算很有成就了。」說完這番話，我又哭了。

我想，咖啡店裡應該沒人相信我們倆正在面試，一個是社長，另一個則是想進雜貨屋打工的人。

我之所以現在夜夜笙歌，完全拜這位社長愼二先生之賜。第一次帶我到青山「Blue Note」的就是他，他還帶我去過銀座的高級俱樂部、新宿繁華地區二丁目，甚至箱根的「強羅花壇」[3]，教我這個鄉下出身、才二十歲的小姑娘見識了各種玩樂。不過，大家可能都誤解了，我和愼二先生並無肉體上的關係。當然，如果他用這種手段誘惑我，我會很乾脆地拒絕。如果他遭到拒絕就耍手段，我一定立刻辭去雜貨屋的工作。

愼二先生第一次帶我去新宿二丁目的酒店時，這樣的比喻雖然有點老套，但我所受的震撼眞的有如見到天堂。如今回想起來，最初去的就是麻里奈媽媽桑的店。店內的櫃台、包廂中，聚集了許多有如當季水果般令人垂涎的年輕男子，但沒人注視我。那種解放的感覺該如何形容呢？就好像即使我脫光衣服、赤身裸體站在那邊，店裡的男人頂多瞟我一眼，繼續無動於衷閒聊著「之前去公司同事家，看到他有紀梵希的Ultramarine耶」云云。如果是琴進到那樣的場所，也許會下意識地心存

3 箱根的高檔休閒料亭旅館。

警戒說：「眞糟糕，一堆男人中只有我一個女人。」可是我不但沒有這種警戒心，還可能把那裡視爲任何壞人都能進入的低門檻天堂。

在這個低門檻的天堂裡，進場申請書上性別欄寫的不只是「男」和「女」，而是「男人」和「女人」。

3-6

兩、三天前和難得一起休假的直輝去了車站前的燒肉店。直輝攪拌著加了醬汁的燒肉說：「我啊！在電車裡一看見聽隨身聽的女人，就會莫名興奮起來哩！」我問：「爲什麼？」他坦誠表示：「爲什麼啊……我想是一種戀物癖吧！站在與外界聲音隔絕的女人身後，自然想去舔一舔她耳朵到頸部的肌膚。」

「那對你來說，淘兒唱片行或Virgin的試聽角落豈不是成了別具意義的後宮？」

雖然我是開玩笑，直輝卻以生菜葉捲起烤肉，頗有感觸地說：「嗯，說的也是。」

現在我們合住的這間公寓，眞要說起來，最早是直輝和美旅租的房子。當然，他們倆曾經是戀人，有過一段甜美的蜜月期，但我搬來成爲同居人時，兩人已經分房睡了。而美旅和我們社長愼二先生則是氣味相投的酒友。

某天晚上在麻里奈媽媽桑的店，不經意提到「我家公寓要改建了，得換地方住。可是上次的車禍害我把錢都花光了」。聽到我的牢騷，麻里奈媽媽桑說：「那就搬來我家吧！還有房間空著。」一旁的美旅也說：「我家也可以喲！有空房間。」麻里奈媽媽桑家有隻敵視我的凶貓。美旅家則有一個和我一樣嗜酒、性格也穩重的直輝。美旅有時帶他到麻里奈媽媽桑的店，所以和直輝也算點頭之交。

有時，麻里奈媽媽桑會問直輝：「如果要和男人做那檔事，你喜歡哪一型的？」記得他的回答是：「這個嘛！如果非『做』不可，我想和羅蘭．巴特或是米歇爾．傅科之類知性派的男人做做看。」對麻里奈媽媽桑提出的問題，大多數性變態的男人不會選什麼知性派，而會選格鬥家。

「聽起來好像會在床上說教的人呢。」媽媽桑笑著說。

「媽媽桑喜歡肌肉男勝於知性派吧！」直輝也笑說。

「沒錯，我一向只和肌肉男睡覺，因爲脂肪量夠厚嘛！」媽媽桑回答。

「可是，聽說媽媽桑只愛嚐鮮，是嗎？」我在一旁插嘴，媽媽桑笑說：「的確。不過呢，新鮮的肌肉男價錢都很高哩！」

「有什麼關係，反正你賺得多，可以論斤而不是論公克買啊！」直輝意猶未盡地說。

實際上，我並不是刻意要回想起那一夜的對話，不過將凶暴的貓和敦厚又懂情趣的直輝放在天秤上，我當然傾向選擇美旅而不是媽媽桑，於是我撒嬌地說：「既然你這麼說，那就從下個月起去打擾嘍？」

在大型化妝品製造商擔任祕書的美旅，和在獨立電影發行公司工作的直輝，還有在雜貨屋當店長、本業是插畫家的我，生活得十分融洽，完全出乎當初的預期。就算是相機也得要三支腳架才架得起來，兩支腳的反而會傾倒。

起初住在現在女生房的是美旅和直輝，我則一個人住在現在的男生房，但美旅卻以「直輝會說夢話，眞令人討厭」這種無關緊要的理由把直輝趕到男生房，換成我和美旅一起住女生房。三人共同生活半年之後，直輝把大學的學弟良介帶回來。我和美旅說什麼也有資格質問他帶人回來住的理由，但我們卻只問他「哦？是大學生啊？」隨即接受了這個看起來有點遲鈍的大學生成為同居伙伴。如今回想起來，那時候美旅應該已經考慮要和直輝分手。

在那之後沒多久，美旅便和同公司的單身中年男子交往，並經常逗留在那男人家。當美旅幾乎一整星期都待在那男人家裡時，我大膽地問直輝：「這樣，好嗎？」直輝只是反問我：「我沒問題，你呢？」

「什麼意思？」

「如果美旅搬出去，我們就變成兩男一女一起住嘍！」

「唉呀！不要這麼想嘛！」

「那要怎麼想？」

「當成有兩個房客不就得了。」

美旅真的搬出去了。她搬家時，直輝借了一輛卡車，我和良介當助手幫忙。不過，美旅還是經常跑回來。有時心血來潮，她會睡在客廳的沙發上住幾天，連良介也要問：「咦？美旅和直輝真的分手了嗎？」真的很難解釋兩人現在的關係。我認為，簡單說明他們現在的關係，就是處於可有可無的狀態。不過，我覺得看到美旅偶爾跑回來就喜形於色的直輝，腦袋不知道在想什麼；而美旅這個和別的男人同居、卻不時跑回前男友家說「還是這裡最舒服」的女人，也是個怪胎。

3-7

由於嚴重的宿醉，我抱著富維克礦泉水倒在客廳沙發上。桌上有張便條紙，琴寫著「去美容院」，背面則是「我有空，所以跟著去——小悟」。

剛過中午，門鈴響起，我幾乎是撐著爬到玄關。打開笨重的大門，兩名穿制服的警官站在門外。

雖然是大白天，但他們看到我滿頭剛睡醒的亂髮、皺巴巴的睡衣，加上難看的臉色，大概以爲我臥病在床吧！簡短表明來意之後，兩人同時說了一聲「請保重」，敬個禮之後便走了。

最近，這附近似乎連續有好幾名婦女在歸途中遭到男人從背後襲擊、痛毆臉部。據說，第一個受害婦人幸運地只受了輕傷，但前幾天的第二個受害人則是鼻梁骨給打斷了。由於兩次的案發現場都在車站後方一帶，警官表示夜間獨行的時候要多加注意，盡量找男伴同行。

我回到客廳的沙發上，瞧見擺在桌上的便條紙，心裡暗念「一定要提醒琴注意」，隨後又失聲叫道：「啊，不對！」當警官問我這房子是不是就我一個人住，我回答說：「不，和朋友。」警官又問是兩個女生嗎？我卻回答：「不，兩男兩女，一共四人。」

我拿起桌上的便條紙翻看背面。那上面留著小悟孩子氣很重的筆跡：「我有空，所以跟著去」。

3-8

反正賣不出去，乾脆拉了琴作伴，在井之頭公園池畔賣插畫。攤開黑布，把最近的作品（以男人肚臍爲主題）排好等顧客上門。有個年近五十歲、頭髮花白、很有品味的男子走了過來，一件一件專注地檢視我的作品。眞令人訝異，每次有琴坐在一旁，總吸引一些男人靠過來。當然他們一定是假裝檢視作品，實則偷瞄著琴。

可是這個中年男子卻沒理睬琴，專心欣賞我的作品。

「有看中什麼嗎？」

如果是平常，我一向由著他們去，但男子的專注令我緊張起來，終於忍不住問道。儘管如此，那男人連頭也沒抬，繼續看我的作品。

結果，男人什麼感想也沒說就離開了。「那個人搞什麼嘛！」琴這麼說，我硬拗地回答：「沒有中意的作品吧！」

那一刻我才體認到自己多麼希望獲得別人的肯定。在公園冰冷的石頭上，我痴心妄想，期待那男人是第一個發掘我才華的銀座或青山的畫商，又或許他是住在紐約的策展人。

到目前為止，我在公園或路上擺攤，還沒賣出幾幅畫。偶有碰上喝醉的中年男人發酒瘋要買我的畫，我總是慎重拒絕。遇到這種事，我就會認為自己的插畫還是不行。總有一天，我要畫一些不只是吸引醉鬼的插畫。

一個鐘頭之後，不發一語離去的中年男子又再回到我們的攤子。他來到我們面前，依然什麼話也沒說，只是仔細地觀察起我的作品。不知看了多久，他突然抬起頭問：「這是肚臍？」我連忙回答說：「嗯，是的。」

「原來是肚臍啊！你這麼一說，果然是肚臍！」

男人這麼說完，又走了。

「搞什麼啊！就爲了問是不是肚臍！」琴笑出聲來，我也笑了。

再怎麼懊惱，除了一笑置之，也沒其他方式排遣吧？

3-9

昨天夜裡，良介突然要大家到客廳集合。我和直輝當然都帶著醉意，琴則和即將去上班的小悟對打她最近相當著迷的「惡靈古堡２」，一邊和呆站一旁的良介交頭接耳。

從良介的話中才知道，這個週末他要請那個扛洗衣機來的梅崎學長的女友來我們家吃飯，所以希望大家調整時間，每個人都能參加。

大家異口同聲說「沒問題」、正打算各自回房，良介又慌慌張張叫住我們。

「啊，等一下，要拜託大家的不止這些。」

「還有什麼事？」我不耐煩地問。

「該不會是搶了梅崎的女友，要我們替你說些好話吧！」直輝說，大家頗感同意，於是琴說：「有什麼想要我們對她說的？」小悟笑說：「譬如，惡補一下如何推銷你的重點啊！」

瞧良介有點不好意思的模樣，大家似乎都猜中了。

「你想要我們說些什麼？」我笑著問。

「就說別看他這樣，他其實是個很有男人味、很實在的人。」琴也笑說。

「不過，如果是這幾句話就能輕易騙到的女人，大概也不怎麼樣吧！」

大家都對小悟說的這句話深表贊同。他雖然只有十八歲，卻很了解女人。

直輝笑說：「有什麼要我們幫腔的，可以寫在紙上喲！」正想走回男生房時，良介拿出一疊寫滿字的紙說：「我都寫好了。」

良介影印了要給我們的飯局腳本。那是一份五張A4紙的力作，良介從如何把學長的女友貴和子介紹給大家開始寫起，各句對白甚至清楚標示發言者的名字。

不用說，我和直輝回了一句「眞蠢」就打發了，但另兩個閒人還眞是不簡單！琴和小悟心血來潮，一人分飾二角，良介還在一旁嚴格提醒說「太假了啦」、

「剛剛那句再來一次」，三人持續練習到半夜。

我盡量不去在意客廳裡的練習大會，躲在女生房裡畫畫，可是琴一再反覆的說話聲卻奇妙地傳入我的耳裡。「良介這個人有個優點，就是懂得愛屋及烏喲！」我畫得並不順利。說什麼愛屋及烏，八成是指梅崎學長吧！我不禁可憐起那個貴和子，竟然得在吃飯時聽這兩人一搭一唱。

正要專心下來，卻聽到小悟以一種有如站在寶塚舞台上的聲音大喊：「我時常想，如果能成爲他那樣的人該有多好！」睡在男生房的直輝似乎被這聲音吵醒，也大吼回敬了一句：「吵死人了！你們眞的很過分耶！」這也難怪，因爲直輝明天一大早得趕去成田機場接法國來的導演。

我想像直輝翻來覆去睡不著的身影，把前幾天拍來當插畫參考的良介與小悟背部照片並排在桌上。

3-10

麻里奈媽媽桑的店直到去年還有個男同性戀員工，他有個陽剛的名字，叫做劍也。我和小劍是非常要好的朋友。搬來這公寓之前，我一個人住在祐天寺的時候，收留過被有婦之夫男友拋棄的小劍。

昨晚是小劍的忌日。

小劍是喝醉酒衝出店外的時候遭計程車撞死的。據說，他老是迷戀有婦之夫，而且總是被甩，所以情緒相當不穩。當店外傳來「砰」的一聲巨響，麻里奈媽媽桑和店裡的客人全慌張地跑出去看，身穿女裝的小劍就倒臥在緊急煞車的計程車前。大家慘叫一聲跑上前去，小劍曾一度張開眼睛、笑笑地說：「沒事！我沒事！」然後就失去意識。麻里奈媽媽桑說：「當時，小劍的紅高跟鞋還滾落到電線杆旁。」

小劍的葬禮在老家仙台舉行，我當然也參加了。雖然媽媽桑和小劍的朋友也一起去，但媽媽桑說：「聽那孩子說，他的父親在廣告公司上班，所以你進去就好，我們待在旁邊為他合掌祈福。」由於不想驚動其他弔唁者，最後他們只在殯儀館外的大馬路對面目送他出殯。

等待遺體火化的期間，我到大門口抽根菸，卻被小劍的姊姊叫住。我是唯一專程從東京過去的女性，正猶豫著不知該如何介紹自己，他姊姊卻先開口：「我已經知道了。我父親當然還不知道，但我和媽媽早就發現那孩子在做什麼工作……剛剛殯儀館外面不也來了很多他的朋友嗎？一直想要過去打聲招呼的……我母親剛剛也說『小劍好幸福啊！有這麼多朋友來送他』。」

聽了他姊姊的話，我覺得麻里奈媽媽桑應該要出席的。

葬禮結束的半年後，小劍的姊姊打電話給我：「能不能麻煩你帶我們去劍也工作的那家店？」仔細問了一下，原來她和母親兩人要來東京。我立刻聯繫麻里奈媽媽桑。

看到擺在店裡、穿著護士服的小劍照片，他的母親和姊姊顯得不太自在。也難怪，畢竟是第一次。不過兩人酒量很好，眾人把小劍最愛的黑瓶Four Roses喝光之際，現場的氣氛便熱絡了起來。「那孩子啊！從來沒學乖過，老是喜歡上有婦之夫而且立刻被甩。一定是腦袋哪根筋不對。」聽麻里奈媽媽桑毫不客氣數落自己的兒子，小劍媽媽也不服輸似的回說：「唉呀！他是遺傳我啦！我也是從別人手裡搶到他爸爸才結婚的。」

小劍的媽媽和姊姊都相當喜歡麻里奈媽媽桑的店，聊小劍的事聊到很晚才回仙台。

昨晚在店裡舉行小劍的週年忌，小劍的媽媽和姊姊當然也出席了。和第一次帶她們來的那一晚判若兩人，小劍的媽媽竟鑽進吧台裡和媽媽桑一起爲客人調酒，他姊姊則是又跳又唱，完美演出以前我和小劍經常合唱的Wink〈Boys Don't Cry〉。

從仙台參加完小劍葬禮回來的那一晚，我不知該如何抒發內心的那份憂傷，只好央求那時剛搬來的良介開著桃子載我出去兜風。

我沒對良介提及好友死去的訊息，只是拜託他，即使每十公里停車也好，不論如何都要混到天亮。看著坐在駕駛座旁啜泣的我，良介眞的什麼也沒問，只是如我所託地默默開車。只有一次，在晴海加油站加油時，他開玩笑說：「酒喝得凶的人，飆淚的方式也很不一樣啊！」那晚我很感謝良介，有他陪在身邊，眞的很好。

說起來，應該是兩個月前的事吧！良介難得主動邀我去兜風，而且到處轉來轉去一直兜到天亮。問了好幾次沉默握著方向盤的良介「發生了什麼事」，他都只回答說：「沒什麼。」還反問我：「喂，你知不知道『迪士尼海洋世界』什麼時候開幕？」我問他：「想去嗎？」他回答說：「不是啦，是中學時代的朋友要來。」我不感興趣，回說不知道，良介也只說了一句「哦，是嗎」便不再說話了。

3-11

在便當店買了薑燒肉便當回到家，琴和小悟正在客廳裡為了站前商店街的新命名活動認眞地想街名。聽他們說，中選者有百萬獎金。

「這裡是千歲烏山，就叫『嘎嘎街』[4]如何？」

「至少有一百個人會想出那樣的名字。」

不知是否白天都待在一起的關係，小悟和琴最近感情特別好。

說起來，這一星期老家的母親都沒打電話來。最好是別打來，但眞的沒打電話來又覺得擔心。最近的一通電話差不多在十天前，我一下班回來，琴就告訴我：「今天中午，你媽媽打了電話來喲！」

4 千歲烏山的「烏」是「烏鴉」之意。

「她說了什麼嗎？」聽我這麼問，琴若無其事地回答：「沒說什麼，不過她好像有點醉了，還很高興似的咯咯大笑。」

下午兩點，喝醉酒、咯咯大笑打電話來的母親，琴的形容是「很高興似的」。

有時，我希望一切都是玩笑。不論是害怕父親粗暴關門聲的母親，或是抓著嘔出酒臭味的母親的手、嚴厲斥責的父親，或是逃離那裡、躲到二樓房間哭泣的我，這一切不愉快的回憶場景，眞希望能配上志村健扮白痴殿下登場時的無厘頭配樂就好了。

我想是高中的時候吧！有次我下樓到廚房拿果汁，隔著拉門聽到父親硬壓在母親身上，還低聲吼：「娶你這個婆娘就爲了幹這個！」

3-12

休假日的早晨，很久沒這麼心情愉快地醒來，於是整理起冬天衣物。由於白天琴勤快地用吸塵器吸了一遍，女生房和客廳都潔亮無比。

打開壁櫃，把厚外套、毛衣塞進瓦楞紙箱，再拿出舊袋子。即使不打開袋子也知道裡面有什麼。打包成宛如垃圾袋的Lawson超商塑膠袋裡，放了一捲SONY一百二十分鐘的錄影帶。

那捲帶子錄了一些電影裡的強暴畫面。就像電影《新天堂樂園》的最後，主角把所有接吻畫面剪接在一起一樣，十幾部電影的強暴畫面全收錄在這捲SONY一百二十分鐘的帶子裡。《控訴》中茱迪．佛斯特在彈珠台上遭人輪暴的畫面；《發條橘子》一片中，女人在〈雨中歡唱〉旋律下被人強暴的畫面；《布魯克林的最後出口》、《藍絲絨》、《末路狂花》三部電影裡，女性哀嚎著「求求你！不要」的畫面；《大丈夫》（Straw Dogs）、《Class of 1984》兩部典型男性復仇記中所有女性被侵犯的畫面；還有彼得．格林納威的《魔法聖嬰》以及柏格曼的《處女之泉》等等。帶子裡除了女人接二連三遭人強暴、令人作嘔的情節外，別無其他。強暴的畫面不斷持續。光看這捲帶子，完全無從得知被強暴的女性是什麼身分來歷。譬如，住什麼樣的房子？做什麼工作？喜歡什麼樣的花？擁有怎樣的夢想？結婚了嗎？有沒有小孩？畫面中完全沒傳達這樣的訊息，播放出來的盡是拚命扭動軀體、企圖逃離男人魔掌的女人身影。

搬來這公寓，和美旅、直輝一起生活以來，我沒再看過這捲帶子。當我一個人還住在祐天寺時，每當難以成眠的夜裡，經常拿出來放。

觀看這些剪輯在一起的強暴畫面，我的心情便會不可思議地平靜下來。殘酷、悲慘、可憐的心情反而漸漸消失，甚至覺得受害女子的表情看起來有如在享受祭典般的歡愉。遭受某種威脅、無法成眠的怯懦感好像因此漸漸麻痺了。我甚至能夠愉悅地觀賞這些女人被男人摀著嘴、強行壓住手腳、頂開雙腿發不出哀嚎聲掙扎的模樣，宛如配合音樂在跳舞一樣。

3-13

「月底拿到打工錢一定還你。」良介纏住微醺回來的直輝，似乎想向他借三萬圓。我和琴坐在沙發上舔著冰淇淋，帶著興味看他們倆。

「做什麼用？」

良介纏著在男生房脫下西裝的直輝，幫他把西裝掛在一旁的掛鉤上，不死心地說：「我有急用嘛！」

「如果你告訴我打算怎麼用，就借你！」

直輝這麼說，穿著內褲逕自走到客廳，良介手上拿著浴巾尾隨追出來。

「我說出實情，你眞的借我？」

「嗯，一定借。只要不亂花錢。」

「才不是亂花呢！是約會要用的。」

「約會要用的？跟貴和子？」

「是啊，不然還有誰！」

一旁舔著抹茶冰淇淋的琴大驚小怪地說：「良介剛剛也向小悟借。」我忍不住叨念他：「你竟厚著臉皮向十八歲的小孩要錢？有沒有羞恥心啊！」

「因爲那傢伙很有錢啊！」

「沒錯！我們一起去打柏青哥，他隨便從口袋一掏都是一萬圓。」琴附和良介的說法。

現在的男妓都這麼吃得開嗎？我心想，只漫應了一聲。

直輝從良介的手上搶下浴巾，說「知道了！就借你吧」，便走進浴室。門關上之前，良介誇張地作出勝利手勢。

「借三萬圓，要去哪裡？」

良介扮鬼臉回答：「祕密。」然後走進男生房。「那可是一種才能喲！」坐在一旁的琴喃喃自語。我問：「你指什麼？」她笑著回答：「死皮賴臉啊！」

良介的確有這種特質。正因爲他本人不自覺，別人才會這麼看，經常惹人生氣又沒辦法不理他。不知他只憑這種才能，一生能否順利過下去？

話說，前幾天良介已經把傳聞中的貴和子帶回家。我下班回來，見到琴和小悟像九官鳥般把良介自編的猴戲照著搬演了一遍，不過完全被貴和子識破。貴和子看到我走進客廳，馬上走過來訴苦：「求求你叫他們不要再演下去了！」

沒見到貴和子之前，我不停猜想這個名花有主卻又對男友學弟伸出魔掌的女人究竟是什麼樣的狐狸精？可是事實和想像完全相反，她是個頗令人有好感的女人，難怪良介對她著迷。我甚至期望，如果是她，應該能把死皮賴臉的良介調教成出色的男人吧？當然我所指的出色男人是完全不出色的「臭男人」。

那一夜，一群人熱鬧地用餐過後，趁著良介到停車場取桃子的二十分鐘空檔，我與貴和子站在公寓門口聊天。

談起與貴和子同住、志向當音樂人的弟弟，聊得正起勁，她突然問：「啊，對了。因爲是你我才問，良介是不是很孩子氣啊？譬如，會突然流淚？」

「突然流淚？」

「沒錯。沒見過嗎？」

「這個嘛，我沒見過……他曾經這樣嗎？」

「也沒有。不過……」

她欲言又止的時候，良介開著桃子停靠過來。從良介搖下車窗、大叫一聲「久等了」那副少根筋的表情，一點也察覺不出他是那種突然飆淚、天眞爛漫的人。

3-14

帶著公開宣稱「我一生夢想就是成爲高中棒球隊舍監」的拉烏拉，打算喝遍新宿二丁目的店時，乍地瞥見公園休閒椅上失業的小悟和同齡的少年。

我心想要嚇一嚇他們，躡手躡腳跨越公園柵欄，繞到休閒椅後方，正好聽見小悟激烈爭辯的聲音。我想跳出草叢，拉烏拉卻猛地拉住我暫時躲著聽兩人的對話。

「然後，被那傢伙綑住手腳，像茶巾壽司一樣扔在地上，結果隔壁房間出來三個像格鬥選手一樣的彪形大漢。」

「真的？然後，被他們上了？」

「不但被上了，還被踢外加毒打呢！隔天早上就進了醫院。」

「錢呢？」

「錢雖然拿到了，但一整個星期肛門出血，臉上也青一塊紫一塊的，沒客人敢上門，超慘的。」

「我們總有一天會被殺掉吧。」

「看是被殺，還是銷不出去吧！」

和蚊子熱烈纏鬥中的拉烏拉「啪」的一聲打在手腕上，聽到聲音而回頭的小悟兩人慌慌張張地想要逃跑。我笑著說「不是警察，是我啦」，叫住跑開的兩人。

之後，帶著小悟和另一個名叫「誠」的少年到處去喝酒。不知喝到第幾家，認識了一個有權有勢、在神戶經營生產和菓子的朋友，便包下整間店開卡拉ＯＫ大會。在中年客人紛紛「脫掉、脫掉」的起鬨聲中，小悟在吧台上跳起脫衣舞，一旁的我也不服氣地唱起拿手的懷念金曲——河合奈保子的〈對我微笑〉。

小悟他倆在碰到我們之前可能做了什麼吧！情緒變得很亢奮，我以爲他們會脫個精光跑到外面，沒想到卻在店門口做起「晨間體操」。

不記得在這家店喝到幾點，只記得被小悟扛到下一家店。

等到恢復意識，已經在計程車上，旁邊坐著小悟。我開口問：「這裡是哪裡？」他立即回答：「才剛上車。在伊勢丹旁邊。」

「不，我還沒喝夠！司機，給我開回去！」

小悟努力制止胡鬧的我。

「今晚挺暖和的，帶你去個好地方吧！」

小悟之所以這麼說，是因爲車子快要轉進甲州街道。「好地方？應該有酒吧？」我問，小悟沒有回答。

在東京生活邁入第七年，我第一次踏進日比谷公園。誠如小悟所說，風和日麗的春天夜晚，一走進公園，肌膚便感覺到白天殘留在草叢間的熱氣。我們穿過黑壓壓的樹林圍繞的廣場，來到映現出月影的寂靜噴水池前。水面上照出我和小悟的身影。我模仿小悟輕輕碰了一下水面，從指尖綻開的波紋微微晃動了月亮的倒影。

小悟要向我介紹的是園內的戶外音樂廣場。「這裡？」我驚訝地問，他指了指欄杆說：「是的，就在這裡面。」

「要爬過去嗎？」

「沒錯！」

小悟托起我的臀，幫我越過高欄。

呈放射狀的長椅整齊環繞著圓形舞台外圍，足以容納五百人左右。由於在戶外，自然沒有屋頂，頭頂上是都市開闊的紫色天空。起初，只有我一個人孤零零站在那裡。

過了一會才爬進來的小悟問：「怎樣？喜歡吧？」我微笑回答：「挺有自信的嘛！」小悟牽起我的手，朝舞台方向繞行觀眾席。「我在這裡露宿過喲！」

「冬天很冷吧？」

「冬天就不可能。寒冬時還在這種地方露宿，鐵定凍死。」

「來我們家之前，都睡在哪裡？」

「很多地方。三溫暖或是朋友家……」

「恩客家嗎？」

「是。」

我躺在舞台上，這才想起自己眞的很久沒有這樣直視夜空。一旁抱膝曲坐的小悟從牛仔褲口袋裡窸窸窣窣掏出各種物品，並排在自己四周。有揉成一團的萬圓鈔票、軍用刀、鐵絲、保險套……扭曲變形的Mild Seven香菸盒裡混著幾根大麻。我替小悟點菸，他抽了一口仰望天空。

「你在家也抽嗎？」

紫色的菸霧裊裊升上夜空。

「沒有。之前打算要抽，但被直輝臭罵『給我滾去陽台』。」

「也難怪，直輝那傢伙爲了健康，連咖啡也不喝了。」兩人短暫發呆望著夜空。「這時候最適合聊小時候的回憶。」小悟語帶孤寂。

「想談嗎？」

我如此開玩笑。這種時候，我往往不討人喜歡。

「也沒特別想聊啦！」

「有什麼關係。反正難得嘛！就說一說吧！」

我說完，拍拍小悟的肩膀。「要聊也可以！反正都是虛構的。」他笑著說。這才察覺竟也有「現在要開始說謊」的謊言存在。

3-15

難得沒喝半滴酒便下班回家，一進門聽到良介與小悟在男生房說話的聲音。琴好像和數星期沒見的丸山約會去了，客廳桌上散滿一大堆化妝用具，直輝好像還沒下班回來。

在洗手間漱完口，我獨自坐在難得無人的客廳，撿起地板上的遙控器，打開電視。正享用連續兩天買回來的薑燒肉便當，電視機畫面又變花白了。我叼著筷子站起來，依琴所教的「強、強、弱」方式敲打了電視右側。之前畫面雖然花了，還聽得到聲音，但最近連聲音也隨著畫面變花而出現雜音。再一次「強、強、弱」敲打，影像一度呈現歪斜，之後又沒事似的回復原狀。就在這時，聽到男生房裡傳來良介的說話聲。

「話說，雖然有點尷尬，但我眞的非常尊敬我父親。」

良介這番尊敬自己父親的話，我從來沒聽過。

「之前不也說過了嗎？我家開壽司店。雖然壽司店沒什麼了不起，不過我父親年輕的時候好像交遊挺廣闊的。不是我這做兒子的自賣自誇，不論是結拜的或是受他照顧的，從年輕時代到現在一直有來往、像乾弟弟一樣的朋友，都尊稱他一聲『大哥』，每次看到父親那令人景仰的模樣，該怎麼說呢，我認爲自己根本無法超越，總覺得在父親的面前矮了一截。到現在一旦遇上事情，我仍然不時考慮該怎麼回答父親才會高興，或是要怎麼做才能獲得他的認同。」

小悟的聲音完全沒傳到客廳，眞不知他有沒有認眞聽良介說這些孩子氣的話。

「所以，該怎麼說呢？我之所以特地跑來東京，或許在潛意識裡爲的就是想贏過父親。可是，自從來到東京，我根本沒做到什麼令人仰慕的事，甚至不敢妄想自己成爲受人景仰的對象。」

聽著良介正經八百的敘述，我拚命忍笑。厚著臉皮向年紀較小的小悟借錢的良介，竟然希望成為別人景仰的對象，光是想就令人發噱。

「不過，有那麼一次，就那一次我曾經想過，是不是真的能成為那傢伙的倚靠？我指的是一個中學時代的同學，一個名叫真也的傢伙。該怎麼說呢！有一次他曾經大力要我幫忙……我想那一次他真的是要找我幫忙吧……」

「後來怎麼了？那個叫真也的傢伙……」

小悟這麼問，良介卻只是「呃……嗯」一副欲言又止的模樣。沉默片刻之後，聽到了小悟忍住笑意的聲音表示：「覺得你不值得託付？」

「別笑嘛……我認真想過，有人拜託的時候……人家非常認真拜託的時候，受託的一方是不是都很漫不經心啊？該怎麼說呢？就算有心，恐怕也沒用心去察覺對方到底有多麼認真、多麼專注地拜託自己，不是嗎？」

我把吃完的便當盒扔進垃圾桶，進女生房拿了內衣想要沖個澡。不知為何，心底的某個角落竟掛念著良介所說的，有人來拜託的時候，我們是不是都很漫不經心啊？

拿著新拆封的內衣回到客廳，這次換小悟在說話。走往浴室途中，我在男生房門前停下來，聆聽小悟的說話聲。

「我啊，大概因爲是母親獨力撫養的獨子，很希望有個凡事能商量的兄弟。就算平常老是吵架，甚至不想見彼此的面都無所謂。只希望無論在哪裡、發生了什麼事，都能有個商量的對象。不論遠近，總覺得只要有這樣的人在，什麼困難都能克服。」

我自覺無趣地離開門前。我非常清楚世上男人喜歡司馬遷的《史記》或東映V電影[5]的理由。不過，沒想到小悟這傢伙竟是個大騙子。他不但曾對琴仔細描述「我父母至今都還像熱戀的情侶」，使得熱戀中的琴聽得非常入迷，還和直輝起勁地聊過小學和中學的共同話題，什麼住家附近有棟成爲廢墟的古老醫院傳說。眞分不清他說的哪些是眞心話。

我眼前浮現出前些日子他在半夜帶我到日比谷公園的戶外音樂廣場，笑著說「要聊也可以！反正全都是虛構」的表情。小悟對過去的事，完全不帶一絲情感，眞的跟我很像。即使如此，小悟還是有點過分。他虛構的過去竟讓傾聽的對象都信以爲眞。

5 日本東映專為錄影帶市場，以低成本、短期間製作的電影，多為男性暴力片。

3-16

下班回來，坐在地上伸展搓揉站了一整天的雙腳，難得心神不寧的琴從女生房出來，在客廳和廚房之間來回踱步。

「你很礙事耶。」

聽我這麼抗議，琴停下來說：「虧你還能這麼悠閒！」然後又踱起步來。

「發生了什麼事？」

「現在，良介正在臥底調查啊！」

琴這麼一說，我想起來了。今天清晨，因過度緊張而整夜失眠的良介帶著紅通通的雙眼從男生房出來，有氣無力地說：「對我來說，壓力眞的太大了。」依據他們兩人的計畫，他的任務是到他被分配到女人爲止。原本的計畫好像是良介不碰女人一根寒毛地離開現場，可是看他那副緊張的模樣，似乎另有打算。

這時，玄關處傳來聲響。琴立刻衝出客廳問：「怎麼樣？果然是犯罪？」我很想看看抱過女人之後的良介有怎樣的表情，於是好奇地走向玄關。

良介看了一眼從客廳飛奔而出的琴和我，大叫：「哪是什麼應召站嘛！」

「不是嗎？難道不是在經營色情行業？」琴問。

「才不是呢！根本不是應召站，是算命館啦！」

「什麼？」

「那個人是算命師！而且很有口碑，據說算得相當準，可說赫赫有名。他只在月圓和新月前後的三天期間幫人占卜算命，特別是對十幾歲的少女和六十幾歲的男性，他的占卜可說是百發百中。」

聽到花了琴的錢卻沒能抱到女人的良介半生氣、半鬆了口氣地抱怨，我忍不住捧腹大笑。

聽良介形容，４０２號屋內有點昏暗，燈光好像是紅色的。他緊張地走了進去，被安排到一間像等待室的小房間，裡面已經坐了個年輕的女孩。「啊！絕對錯不了，一定是和那女孩辦事。」十分篤定的良介強壓住狂跳的心臟，就在這時，先前見過的男人出現了，遞給他一張白紙說：「請寫上姓名和出生年月日。」良介滿腹疑竇：「爲什麼來買女人要留下姓名和出生年月日？」爲愼重起見，他決定塡寫假資料。可是，不知是本性太過認眞，還是腦筋一片空白？在男人的監視下掰不出任何假資料。情急之下，良介不自覺寫上直輝的姓名和出生年月日。資料寫好後，在男人的帶領下往更裡面的房間走。那裡有一張放了水晶的桌子，桌腳下還躺了五、六隻貓。

「結果怎樣？花了兩萬圓，卻替直輝占卜運勢？」我笑到不行。

「就是啊！可是，騎虎難下了嘛！在那種情況下，我總不能嚷嚷著說『不對！快讓我抱女人』吧！」

一旁的琴臉色慘白，我想她一定是心疼自掏腰包貼補的兩萬圓，於是安慰說：「沒辦法，已經拿不回來了。」可是，琴並非為了兩萬圓，而是為了其他的事在生氣。

「可是上次，那色情八爪魚也來了呀！怎麼可以在我們的隔壁輕率決定日本的政治呢？」

「也許是這樣……但隔壁那傢伙可真是拉斯普丁[6]耶！」

良介多少有些反省浪費了琴僅有的兩萬圓，而且認為她在意的是日本政治而不是那兩萬圓總是好事，所以才像是替她打氣地這麼回答。在客廳裡，良介甚至開始扯起俄國解體的話題。我覺得非常無聊，所以站起來走開。

6 Grigori Efimovich Rasputin（1872-1916）：俄國僧侶，相傳具有神奇的治病與預言能力。

3-17

下班回家途中，順道到澀谷的輸出中心拿回訂製的印刷品，和往常一樣，爲了紙張、顏色等事情沒按照規定當場發飆。爲什麼輸出中心的打工人員只能到這種程度，總是不能確實依照要求完成呢！

氣急敗壞地回到家裡，正巧好久不見的美旅來玩。她穿著套裝，似乎是直接從公司過來，客廳裡除了她以外，還有琴和小悟。

三張臉緊挨在一起討論站前商店街的新命名，明天是截止日。

「哦！挺早的嘛。還以爲你會喝夠了酒才回來呢！」

在美旅的迎接下，我在客廳沙發坐了下來。一旁的小悟晃了晃手上寫著「K路」、「費爾南多路」兩張紙，硬要我選，我以手指彈了一下「K路」，同時問：

「爲何取『費爾南多路』？」

「那是美旅喜歡的葡萄牙詩人的名字。」小悟說。

「爲什麼烏山的商店街要以你喜歡的詩人命名？」

聽我這麼不識趣，美旅噘起嘴說：「是小悟說取什麼都可以啊！」

美旅和小悟今晚應該是第一次見面。可是，兩人緊挨著頭、比較寫在紙上的街道命名，那模樣簡直就像是感情親密的姊弟。

「直輝知道你要來嗎？」我拿起怎麼看也不像會中選的街道名單這麼問。

「白天打電話到他公司。差不多該回來了吧！」

「要留在這裡睡嗎？」

「是這麼想，可是這張沙發已經被小悟占了。」

聽美旅這麼開玩笑，小悟連忙客氣表示：「不必替我擔心。我還有別的地方窩一晚。」

「你去睡良介他們的房間不就得了。」琴在一旁插嘴。

「我才不要去睡那裡呢！」小悟很直接地回答。

「爲什麼？」

「因爲，良介的睡相超難看的，直輝的夢話又超吵的。」

對於小悟的意見，美旅笑著說：「說吵算客氣了，其實是很不舒服吧！」

琴歪著頭朝我靠過來，以爲她要幹什麼，原來想看我手裡紙張的背面。我翻過來看，上面以斗大字體寫著「夜間獨行，千萬小心」。最近這附近連續發生專找年輕女性下手的暴力事件，於是發送這樣的警告傳單。

紙上畫有車站附近的地圖，並在犯罪現場處印上「X」號。前幾天警察來查訪時僅有兩起，但地圖上已經畫了三個「X」號。

「啊，這傳單是在車站前發送的。」美旅這麼說，從我手上搶過紙。

「眞嚇人哪！琴和未來也要小心點！」

「不過，最恐怖的是完全不清楚嫌犯的特徵。受害人都是冷不防從背後遭到襲擊，根本沒機會看到對方的臉。」

我從美旅手上奪回那張紙。

「啊，對了。西友前面不是有間卡拉OK嗎？聽說第三個受害人就是在那裡打工的女孩子。」

自己一提起，才想起曾和琴去過那間卡拉OK。於是我問琴：「你記不記得之前我們兩人去的時候，櫃台有個女孩，要她找我們兩千圓，卻找了兩萬圓？」琴好像不感興趣，只回答說「有嗎？有這樣的女孩嗎」，就不想再多說什麼。一旁的小悟問：「你怎麼知道她是受害者？」我回答說：「是便當店的大哥告訴我的。」

依賣薑燒肉便當的大哥所說，那女孩好像是目前為止受傷最嚴重的一個。據說，路過的行人發現她時，她已經快斷氣了，眼睛、鼻子、嘴巴受創嚴重、整張臉扭曲變形，附近散落一塊沾滿鮮血的石頭。

話說到一半，小悟插嘴說「啊，對了。我得在上班前沖個澡」，便走進浴室。美旅的眼光追逐著小悟的背影問：「喂！他說『上班』，那孩子在工作嗎？」

「是啊！」

「上什麼班呢？都這麼晚了。」

「好像在酒吧之類的地方工作。」回答的是琴。

「酒吧？他這種年紀可以做嗎？」美旅誇張地瞪大了眼。

「年滿十八歲就可以做啦。」琴說。

「咦？他已經十八歲了嗎？」

「你以為他幾歲呢？」

聽我這麼問，美旅瞄了一眼浴室的方向說：「我以為他才十五歲左右。」

「拜託你，懷疑他既然才十五歲、怎麼會在酒吧工作之前，先想想他怎麼會住在這裡吧！」

聽我這麼說，美旅若無其事地笑說：「說的也是。」

3-18

半夜一時心焦驚醒過來。拉上毛毯，試著閉上雙眼，卻難以入睡，只聽到床下琴香甜的酣睡聲。

我下了床，輕輕打開通往客廳的門。街燈從窗簾縫隙中射入，光暈中浮現的不是小悟的身影，而是在沙發上沉睡的美旅的蒼白臉色。「今晚不回來，沙發就給你用吧！」小悟說完便出門了。

小悟出門後，等到直輝下班回來，大家一起去燒烤店大吃大喝一頓。回來時，良介正好打工回來。大家抓著回家途中買的草莓，配葡萄酒喝到一點，輪流洗澡後各自就寢。

走到有點昏暗的客廳，在沉睡的美旅身旁坐下來，眼前攤開的紙上寫著琴和小悟所想的幾個商店街名稱，迎著光線拿起傳單，翻到背面看了一遍。剛剛在床上乍然察覺的事，應該不是我胡思亂想。從最初那名二十二歲女性在京王線旁遭人背後突擊、毆打顏面，到現在已經過了兩個月。

我緊抓著那張紙，悄悄離開客廳，打開男生房門。良介睡相依舊難看，不但翻滾出棉被外，還滾到我的腳邊。我跨過良介進入房間。直輝睡在高腳床上，眼看著即將打起鼾來。我窺視他的臉孔、輕拍臉頰，他發出「嗯？嗯」迷迷糊糊的聲息後，驚醒似的望著我的雙眼說：「做什麼啊？」

「喂，看一下這個。」

我不客氣地拉下日光燈的拉繩。這樣的燈光是吵不醒良介的。在日光燈的照射下，直輝一時無法適應光線，連眨了好幾次眼，接過我遞出的紙張。

「這是什麼嘛？」

「看上面的日期，難道你沒察覺到什麼嗎？」

聽我這麼說，直輝的表情瞬間變得僵硬。

「日期？」

「你看，最初的事件到現在有兩個月了。」

「兩個月？」

「沒錯。小悟正好在那時候搬來這裡住。」

「小悟？等等。那小子搬來這裡，不是最近的事嗎？」

「是嗎？」

「是呀！眞是的，搞什麼嘛！現在是半夜耶！」直輝發完牢騷，拉上毛毯，很快地閉上了眼。

眞要說起來，五天前發生第三起案件的那一天，我一直和小悟在一起。由於是公休日，從傍晚便帶小悟出門，在澀谷參觀「西藏佛教美術展」之後，拉著不太情願的小悟混到案發的凌晨三點，甚至還喝酒喝到清晨四點，這的確是五天前的事。

我有點羞愧，悄悄關上燈走出男生房。正要穿越客廳，以爲美旅還在睡夢中，沒想到她竟然笑說：「你讀太多山村美紗等推理作家的作品吧？」

我嚇了一跳，停下腳步反擊說：「我可沒讀過！」

「這世上啊，並不是每個人都會捲入類似『火曜偵探劇場』的事件，還是你想將小悟塑造成犯人，好把他趕出這裡？」美旅說完，在沙發上翻了個身。

3-19

從中午就興致勃勃的美旅嚷嚷著想去哪裡野餐，叫醒還在睡夢中的良介和直輝，最後大家決定去砧公園。難得大家都在，如果能一起去更好，但琴以「會曬黑」爲理由，堅持一個人留在家裡等小悟。如果小悟中午以前就回來，我們要琴轉告他到砧公園，然後一夥人擠進良介的桃子。我的店已經很久沒在星期天休息了。

晴空下，攜家帶眷的人在砧公園光亮目眩的草皮上攤開布墊，小孩子在周圍奔跑。

出門前，琴使出好手藝爲我們做的三明治，不到中午，良介和直輝已經吃掉一半以上。

我們原本閒躺在小毯子上，但不知何時開始，美旅和良介跟跑過來撿球的雙胞胎男孩玩起投球遊戲。穿同花色衣服的雙胞胎男孩在美旅和良介之間發出「哇呀」的歡樂聲，追逐著球。躺在我旁邊的直輝發呆地望著兩人。

「喂，昨晚的事，你沒跟別人說吧？」

「昨晚的事？」

「就是把小悟當犯人……」

聽我這麼說，直輝轉過頭來瞄我一眼，不屑似的哼笑說：「幹麼說啊！」

「可是，我總覺得怪怪的。當然，那些案件的嫌犯絕不會是小悟，不過我覺得怪怪的事，是其他的原因。」

「其他的原因？」

直輝坐起來，將水壺裡稍濃的茉莉花茶倒入杯中。

「唉呀，我也說不出個所以然，總覺得怪怪的嘛！」

「到底是什麼嘛！」

「不是說了嗎？我也說不出個所以然！」

「眞要追究起來，帶小悟回來的人是你耶！」

「你說的沒錯，可是……」

「究竟他是個怎樣的男孩？」假如有人好奇地問有關小悟的事，琴恐怕會這樣回答：

「不太有主見。感覺有點心不在焉，或許是出生在有錢人的家庭，只要我說

『去打柏青哥吧』，他就順從地跟著來，去唱卡拉ＯＫ、打保齡球也一樣，我一邀他，絕對不會說『不』。不過，他人雖然跟來了，卻好像沒什麼勁，老是一副無聊的表情，直到我說『差不多該回去了吧』。如果問他『無聊嗎』，他也只是回答『不會』。據他自己的描述，由於父母非常相愛，所以他是在充滿愛的環境中長大的，或許因爲這樣，在他的成長過程中從不知要對什麼產生貪念。所謂能滿足於現況的人，或許就是像小悟這樣悠悠哉哉生活的人吧！」

如果是良介的話，一定是這樣回答：

「雖然年輕，卻沒什麼幹勁。不像我要上學又要打工，還要和朋友出遊、偷搶學長的女友、清洗桃子，一天二十四小時根本不夠用。可是那傢伙，二十四小時當中，大概有二十個鐘頭都浪費掉了。不過，我認爲那傢伙之所以沒幹勁，全是因爲交到壞朋友。那傢伙自己說的，他很多朋友都沒固定職業，整天遊手好閒。他就是混在這樣一票人當中才變成這樣子。雖然有人說『只要自己好好努力，也能出污泥而不染』，但我不這麼想。即使自己想要好好努力，但如果腳下滿是污泥，絕對深陷其中。我認爲，對那傢伙來說，現在最需要的是能把他從污泥中拉起來的人。」

琴和良介都把小悟設定成自己心目中的朋友形象，比任何人都世故的小悟其實相當清楚這兩人的心思。在某種意義上，我不由得感到這甚至是一種姑息。小悟假扮成他們所期望的人，我和直輝都這麼認爲。只是，該怎麼形容他呢？要說他是混在眾演員中的超級演員？還是說他是混在觀眾群中的超級觀眾呢？總之，他的人是想抓也抓不到、想碰觸也碰觸不了的……令人不得不承認他就像個水窪一般。

美旅和良介仍然和雙胞胎男孩在空曠的草皮上玩投接球遊戲。

「喂，直輝，你對小悟有什麼看法？」

「你的意思是？」

直輝在布墊上翻了個身，臉頰上沾了一枝枯草。

「你覺得他是個怎樣的男孩？」

「沒什麼特別的，就像現在的一般年輕人吧！」

「是嗎？」

「你到底想說什麼？從剛才一直嘀咕個不停。」

「我是說啊……如果我這麼說，你就會懂了吧……我發現小悟他，既不是良介心目中的那種男孩，也不是琴所想的那種人，當然也不是直輝你所想像的那種孩子，可是，也不是我所想的那樣。」

陽。

我還沒解釋完，直輝便面無表情地轉過頭去，瞇起眼望著從雲間露臉的太

「那是理所當然的啊！」

「為什麼是理所當然的呢？」

我踢了踢直輝的屁股。他拍拍被我踢的部位，慢慢站起來說：「你只認識你所知道的小悟啊！」

「什麼意思？」

「就是說，你只知道你所看到的小悟。同樣的，我也只知道我所看到的小悟。連良介、琴，都只知道他們所見到的小悟！」

「我完全聽不懂！」

「也就是說，誰都沒能真正認識他。那樣的人在這世上是不存在的。」

直輝一說完，便從午餐盒中取出培根三明治，嘴邊沾了番茄醬，鼓著腮幫子，一副享受美味的表情。

「等一下，你還沒解釋清楚就不談了嗎？」

我又踢了一下他的屁股。

「你可知道Multiverse？」

「不知道，那是什麼？」

「那你知道Universe嗎？」

「宇宙吧！」

「沒錯。指單一宇宙。Multiverse則是多元宇宙的意思。」

「是哦。」

雖然想脫口說出「那又怎樣」，但話到嘴邊打住。因爲我有點了解直輝想表達的意思。經常聽到「在這世界上誰都是主角」這種似是而非的人道主義對白，只不過，這麼一來，在「這個世界」集合而成的「這些世界」裡，每個人都成了主角。既然每個人都是主角，那豈不和都不是主角一樣？因此，這想法讓人覺得這是個平等的世界，也覺得和現在我們的生活非常接近，但嚴格說來，在變成「每個人都不是主角的世界」之前，必須先有個「每個人都是主角」的世界……嗯，愈說愈糊塗。

3-20

直輝躺在布墊上張大嘴說：「最近，智齒好像開始作怪。」感覺晴空下的廣闊草皮上突然裂開了一個洞。

直輝的舌頭被陽光染色似的變得通紅。

「哪裡？哪裡？」美旅、我、良介輪流窺看直輝的口腔。的確有個白色凸起物，正要撐破牙齦冒出來。

「痛嗎？」

「經常。」

美旅手指伸進直輝的嘴裡，毫不客氣地撐開他的臉頰內側。說起來這兩人原本就是一對戀人。我突然這麼想。

聽說，良介潛入隔壁４０２號房調查，卻不得不換成直輝的資料占卜時，算命師是這麼說的：「你正在追求強烈的變化。為追求變化，正與世界奮戰。」雖然我不知道這個在砧公園草皮上、像個傻瓜似的張大嘴，讓人看見他的懸雍垂的男人，正在與什麼樣的世界奮戰，但可以確定的一點是，他正在和智齒奮戰。

隔壁的拉斯普丁在占卜的最後好像說了這麼一句話：「即使你從這個世界脫了身，但繞了一大圈，你會發現自己還是待在這世界上。你與世界的奮戰，完全是世界這一方占優勢。」

算命師目送良介走到大門，好像還忍不住補了一句：「如果有興趣的話，歡迎下次來算算你自己。」雖然算命本身非常抽象，沒什麼道理可言，但從對方識破良介並非直輝這點看來，或許隔壁的拉斯普丁並不是泛泛的斂財算命師。

小窪悟

18歲，自稱從事「夜間工作」

現在，販賣無意義的青春中

4-1

房間整理得一塵不染。雖然枕頭的位置有點怪，但床單鋪得很平，掛在牆上的乾燥花散發出薰衣草香。床上有雙脫下來的已綻線的膚色長絲襪，其中一隻掛在地板上。空氣中瀰漫烤吐司奶油的香味，一定是房間主人出門前用過早餐吧！這是間非常普通、漆著白牆、鋪著地板的單身套房。

我把整個房間掃視了一遍，回到短短的走廊鎖上大門，將手裡拿著的高筒運動鞋並排在黑色女鞋旁。

昨夜，直輝的前女友美旅現身。她是那公寓中玩友誼遊戲的伙伴之一，一個想把烏山站前商店街命名爲「費爾南多路」的糊塗女人，原本那間公寓就是這女人和直輝兩人承租的。無精打采的大學生；有戀愛依賴傾向的女人；自稱是插畫家的鍋巴*；講究健康愛慢跑的傢伙。如果沒在那公寓裡認識這群人，我恐怕連話都懶得跟他們說一句。儘管如此，自從加入這群人之後，相處起來快樂無比，連自己也覺得不可思議。

* 「鍋巴」在日文中是對「特別喜歡接近男同性戀者的女性」的蔑稱，語源來自日文中對男同性戀者蔑稱為「鍋」，而鍋巴總是緊緊黏著鍋底之故。

昨夜，把沙發讓給美旅之後，到新宿時已經過了十點，和平常一樣，與誠兩人在公共廁所裡談妥競賽速度，心情很high地在公園站崗。不到五分鐘，誠被一個像蜥蜴般吐舌頭的男人相中，我這邊則完全沒動靜。正想今晚恐怕無望的時候，老顧客希維亞挑中我。自從在那間公寓生活以來，總是釣不到客人，眞傷腦筋。

走進希維亞的房間，在一旁侍候因注射荷爾蒙而有點情緒不穩的她，好不容易哄她入睡，已經快天亮了。不過十一點就醒來了，開了一條減肥棒當午餐，吃完之後隨即離開，一路往幡之谷車站方向閒晃。忽然瞧見一名側影有點像小琴的年輕女子，從一棟設有自動鎖的豪華公寓走出來。女子查看了一下信箱，扔掉垃圾後往車站方向走。

在便利商店買了熱狗和牛奶，暫坐在豪華公寓前的護欄上張望，入口處走出一個學生模樣的年輕男性。在自動門關上前的瞬間，我鑽了進去。拿出隨身攜帶的鐵絲，不到兩分鐘便打開那名女子位於七樓的房間大門。

房間正中央放了張矮腳桌，桌上有只杯底還殘留些許紅茶的馬克杯，大概是那個像小琴的女子出門前喝的吧！我謹愼地拎起杯子拿到廚房。微微轉開水龍頭清洗杯子，盡量不濺出水花，然後從熱水瓶裡注入開水。可能水量太少了，熱水瓶響出令人嫌惡的噗噗聲，握著杯子的手指燙到熱水。我不由自主地慘叫一聲：「燙啊！」這叫聲真像昨晚的客人希維亞，我不禁打了個哆嗦。

冰箱上面放著立頓紅茶的茶包。我把茶包泡在熱水裡搖晃了幾下，原本透明的熱水混濁變紅，散發出濃郁茶香。

說起來，那間公寓中的伙伴沒人喝紅茶。小琴與未來、良介三人喝咖啡，注重健康的直輝雖然愛喝酒，卻嫌咖啡和香菸是「惡魔的嗜好」。

我把紅茶杯子放在水槽，回到房間。從粉桃色窗簾縫隙往外窺看，眼前是首都高速公路，遠處則是新宿摩天大樓群。之前曾聽良介提過：從千歲烏山到新宿距離近十公里，不上班的日子，直輝會特地搭電車到新宿，然後慢跑回住處。

從七樓這個房間望去，塞車的首都高速公路看得一清二楚。不知是否氣密窗的關係，完全聽不到外界的聲音，感覺整條街景被抽掉了聲音似的。

木框窗櫺上並排著白雪公主的七矮人玩偶，不過仔細一數，只有六個。我心想是不是自己不小心打掉了一個？慌忙搜尋腳邊、床下，卻沒找到任何小矮人玩偶。

我拿起戴著橘帽的小矮人玩偶，想像他置身於窗外寬闊的街景。小矮人有如酷斯拉般，滿臉笑容地朝紅磚瓦的公寓、武富士看板踩下去，並將高聳林立的大樓、鐵塔踐踏破壞殆盡。

床上枕頭邊有個鬧鐘。拿起來一看，鬧鈴設定在早上十點。我將設定時間轉到現在的時刻下午兩點，它便以空洞的聲音連喊兩聲「起床嘍！起床嘍！」然後又轉爲「汪！汪汪！」的狗叫聲。我不覺噗哧笑出聲來，將鬧鈴調回原來的時間後放回原處。

拿出潛入前在便利商店購買的熱狗和牛奶放在桌上。由於那個店員用微波爐加熱太久，熱狗有點縮水。我咬了一口，甘甜的油脂味在口中散開，慢慢滑落到喉嚨深處。

十四吋電視上放了一台拍立得相機。我一手握著熱狗，一手抓起相機透過鏡頭環視房間，比肉眼看起來要寬敞許多。窺看了一會兒，總覺得鏡框外似乎有人站在那裡，慌忙地從相機移出視線，當然，根本沒人站在那裡。不過，如果是二十四張的底片，或許就有可能在第二十五張，三十六張的底片，便可能在第三十七張拍到那個人。

電視旁有個錄影帶店的提袋，千歲烏山也有這家連鎖店。袋子裡裝著《粉紅豹2》。雖然聽過這部電影，但我從沒看過。

把帶子送進錄影機，打開電視，立即將音量關小。然後背倚著床頭，伸展雙腳，調整成觀賞的姿態。電影立刻就開始播了。在某個類似博物館的地方，蓄著奸人鬍的阿拉伯嚮導正在向一群觀光客介紹熠熠生輝的鑽石。我稍微將音量調大一些。

「這是擁有千年以上歷史，自阿古帕王朝以來即成爲我民族象徵的粉紅豹。它的名氣和大小都是世界第一，是無價之寶，無可比擬的名石。」

「不擔心失竊嗎？」

有觀光客問，嚮導慢慢往展示的鑽石伸長了手。手伸到一半，尖銳刺耳的警鈴聲響起，博物館的窗上同時落下厚重的鐵板。

「爲什麼稱爲粉紅豹呢？」

其他觀光客問，神氣的嚮導得意地回答：「這個嘛！從某個角度迎著光線看，裡面好像有隻粉紅豹在跳舞。」

嚮導說明的同時，鏡頭拉近鑽石特寫，背景流洩出一首著名的主題曲，卡通中的「粉紅豹」扭腰舞動現身。

這時，房間裡的電話響了。我急忙關掉電視。電話鈴響了五聲切換成答錄模式，播放出內建的應答訊息，這才恍悟根本沒必要慌張，於是從半蹲的姿勢恢復原狀。應答訊息結束後，開始錄下一個嗲聲嗲氣的女人聲音。

「喂喂，我是眞紀。很抱歉，上星期六突然取消和高橋他們的聚會。現在，你正在午休吧！原本想打電話到你公司或手機，但你生氣起來超恐怖的，我沒出息，只敢打到這裡來。我想，如果聽了這通留言，你能原諒我的話，今晚我在家，請打電話給我。可是，如果聽了這通留言，惹得你更生氣的話，那就別打電話給我了，我會害怕。因爲你一生起氣來眞的很恐怖……」

不知何時，我擺出貓咪般的防衛姿態，與電話對峙起來。紅色燈光一閃一閃。

「……還有，我也想看之前去香港拍的帶子，所以請快點借我。可別像在夏威夷的時候一樣，帶子從最前面就沒錄到。如果可以很快地……」

此時響起「嗶」一聲，電話便「喀嚓」斷掉了。或許她還會再打來，所以我維持著半蹲姿勢等待，但電話始終沒打來。

眼睛看向錄影帶收納櫃，在Dragon Ash演唱會錄影帶旁有捲標明「Hong Kong 2001」的帶子，於是迅速換掉《粉紅豹2》，改播這捲帶子。雜訊持續幾秒之後，突然出現一個房間的畫面。剎那間，我有股衝動想往大門方向逃跑，以爲這房間某處裝設了隱藏式攝影機倏地啓動。可是，畫面中的房間並不是我目前所在的時點，因爲在我剛剛擺出貓姿勢的地方，放了一只旅行用的大行李箱。

鏡頭移往窗外的風景，然後又轉回廚房。不久前離開這公寓、長得很像小琴的女子在廚房清洗餐具。剛洗完澡吧？頭髮上裹著浴巾，嘴裡還插了根牙刷。

爲謹愼起見，我看了一眼廚房，當然，那裡並沒有將浴巾裹在頭髮上的女人。

正在拍攝畫面的女子好像在嘮叨什麼，所以將音量調大一些。刻度到達十六時，聽到了她的說話聲。

「沒時間了！別洗什麼碗筷，快把頭髮吹乾吧！」

儘管如此，攝影鏡頭裡、長得像小琴的女生並沒有停手，反而臉往鏡頭迅速一轉，嘴巴含著牙刷、口齒不清地說：「喂，去把那邊的髒杯子拿過來。」沾滿泡沫的手指指向一張桌子，我不由得看了一眼眼前的桌子。桌上當然沒有什麼髒杯子。

看了一會兒影片，終於知道清洗餐具、貌似小琴的女子名叫優子，而拍攝影片的，就是剛才打電話來的眞紀。眞紀邊拍攝邊把髒杯子送往廚房，還繼續拍優子清洗餐具的雙手。

看著這畫面，總覺得優子與眞紀好像就在這房間裡。轉過頭去，優子似乎正在廚房清洗餐具，而眞紀正以攝影機拍下她的模樣……不過，廚房裡當然沒有兩人的身影。即使一直注視，也只有剛剛沖泡了紅茶、還沒喝就放在那裡的馬克杯。

看了五分鐘之後，影片畫面從房間場景突然變成香港夜景。我不太想再一個人繼續看下去，於是從窗邊將六個小矮人玩偶搬過來，臉對著電視排在桌上。

從高層大樓窗戶往外拍到的，是經常在電視或明信片上見到的香港夜景，明亮的燈火在港灣水面搖曳。

這時鏡頭換了個方向，出現優子在室內沙發上慵懶休息的畫面。等了一會兒以爲她會說些什麼，但影片到這裡「喀嚓」中斷。接下來出現的影像和一句「蓋子沒打開喲」的聲音同步開始，拍的是華麗招牌林立的香港白天市街風景，但很快又中斷了。

之後出現的影片畫面都非常片斷、凌亂，優子與眞紀的交談也不是很愉快，混雜在影片裡聽到的說話聲都是「好累」、「先回飯店吧」等有氣無力的對話。而且，一聽到有一方這麼發牢騷，畫面就立刻切斷。

感覺無聊至極的我按了快速鍵，接連出現的是不同的街道風景，錄影機的計時顯示過了二十四分鐘的地方，畫面瞬間變黑。正想影片是不是就這麼沒了，突然出現優子穿內衣的畫面。我連忙按了放映鍵。

地點就在最初的飯店房間。重新倒帶回去看，穿黑色內衣的優子從浴室出現，抗議著說「拜託，別拍了」，並穿上一件擺放在沙發上的紅色亮面洋裝。

「很適合你耶？多少錢買的？」只錄到眞紀的聲音。

對這問題，優子小聲窸窸窣窣地回答了什麼，但聽不清楚。之後，穿著紅洋裝的優子朝鏡頭走過來，不一會兒好像在我面前就要直接出現似的，整個畫面因爲火紅洋裝而變得通紅，最後太靠近鏡頭，畫面變得一片漆黑。優子在鏡頭前慢慢轉身，開玩笑似的扭動臀部，往床鋪的方向走去。

我不由得看得入迷。並排在桌上的小矮人不知不覺間也倒了兩個。

香港的帶子到此結束，再怎麼快速往前，也沒出現其他影像。沒辦法，只好再次倒帶到優子穿內衣的畫面。在優子的臀部朝向鏡頭、向下彎腰的地方停格。不知是否因爲停格的關係，優子的黑色內褲下小腹微凸，好像看得到贅肉晃動。

我盡量不弄皺被褥地躺在優子的床上。昨晚被希維亞狠狠蹂躪，褲子底下的性器疼痛勃起，血脈賁張得連牛仔褲都快撐破似的直達腰際。房間裡依然寂靜無聲，也沒聽到窗外傳來任何聲音，唯有枕邊的鬧鐘滴答滴答響著。

解開釦子，性器幹勁十足地彈出。拿起桌上的拍立得相機自拍勃起的性器，閃光燈使整個房間瞬間籠罩在一陣青光下。

不記得何時曾經問過良介：「你平常都怎樣解決？」他和直輝住同一間房，小琴又經常待在客廳。良介先叮囑一聲「你絕對要保密哦」，便教我：「後面不是有小型兒童公園？我都特地跑去那裡的廁所解決。」儘管現在的生活無法隨意打手槍，他仍表示：「沒特別不滿足。」

原本一片漆黑的拍立得相紙上慢慢浮現出性器的輪廓。勃起的性器後方，照到了無人的廚房。我把已跟照片不同的萎縮性器放回褲子裡。一看時鐘，偷溜進來已經過了兩小時。

從床上起身，把床單的皺褶撫平成原樣。關掉電視、錄影機，也將「Hong Kong 2001」及《粉紅豹2》兩捲帶子放回原處，小矮人玩偶擺回窗台上，牛奶盒與吃熱狗剩下的垃圾放進便利商店提袋裡，拍立得相機擺到電視機上。

一口也沒喝的紅茶在廚房完全涼掉了。我在杯裡留一些茶水，多餘的倒掉，再將杯子放回房間桌上。

仔細巡視房間一圈，和進來時沒有兩樣。唯一的不同只有答錄機的紅燈不停閃爍。

走向玄關，中途回頭再確認一次，還是沒發現任何異狀。溜進來時看起來充滿魅力的房間，待了兩小時卻變得索然無味。想繼續待下去的房間，不是很快就能遇上的。

盡量不引人注意地走出公寓。往幡之谷車站的途中，打公共電話回家，毫無意外是小琴接的電話。「搞什麼啊！原來是小悟啊！」明顯露出失望的語氣。「其他人呢？」我這麼問，她無聊地說：「去砧公園踏青了。」

「美旅姊也去嗎？」我問。

「是啊。美旅、直輝還有未來，大家都坐良介的桃子去踏青了。」

「你爲何沒一起去？」

「你不覺得太陽很曬嗎？」

「現在在做什麼？」

「沒做什麼。倒是你現在在幹麼？在哪裡？」

「在幡之谷。對了，美旅姊今晚也要留下來嗎？」

「她說要回去了。還要良介去打工時順道送她。」

「……那，我回去嘍？」

「是啊！你快點回來，一起看錄影帶吧。」

「錄影帶啊？什麼樣的帶子？」

「什麼都好。回來時去租一些吧！」

「有特別想看的嗎……啊，對了，你看過《粉紅豹》嗎？」

「《粉紅豹》？沒有……要看也可以啊。小悟，今晚要去工作嗎？」

「今晚？嗯……今晚就休息吧！昨天太努力了。」

「那就借兩捲回來吧！」

正要掛斷電話，小琴大喊一聲說：「啊，順便在車站前買甜甜圈回來！」

4-2

裹著毯子坐在客廳的沙發上，把小琴烤的鬆餅抹上草莓醬。比平常晚起床的直輝走過來問我：「小悟，今天想不想到我的公司打工？」

當然不想。所以回答「不要」，一口咬下熱熱的鬆餅。在烤下一個鬆餅的小琴說：「你就去幫幫忙嘛！」我只好問是什麼樣的工作。原來是到他工作的電影發行公司，負責在試映會邀請函貼上收件人名條。只不過，要寄發的信函有數百封，雖然工作很簡單，但沒一、二個小時貼不完，而且公司正忙著準備坎城影展的事，沒有人手。

「反正你今天也要休息嘛！」

在一旁啃鬆餅的直輝這麼說，我只好回答：「還沒決定啦！」不過，自己也不認爲連日來有氣無力的狀態到了傍晚就會恢復。

結果，由於連小琴也來推推我要我去，所以沖了個澡後，便跟著直輝出去了。在人滿爲患的電車中擠得七葷八素，到了直輝位於四谷的辦公室時，已經筋疲力竭。

在擁擠的電車中直輝問我：「你要辭去現在的工作嗎？」看我沒有回應，他又說：「並不是說辭職比較好。別這樣一直拖著，和店裡的人好好談過再辭掉算了！」

「要談什麼？」我問。

「談辭職的時機什麼的啊！對方也要找打工的人，不是嗎？」

未來好像沒告訴任何人我在做什麼工作。抓著吊環擠過來的歐吉桑身體重量讓我腦海裡浮現出希維亞和其他老顧客的臉孔。

「這個月做夠了，不站崗了。所以下星期大拍賣，全套服務只要半價。」

直輝的公司在龍蛇雜處的大樓七樓。一打開門，堆積如山的膠卷盤快要坍塌下來，捆成一包包的小冊子、宣傳單緊靠那些膠卷盤擺放。

進門的同時，直輝朝裡面招呼了一聲「早安」，從滿是貼紙的隔間裡聽到中年女性有點慌張的聲音說：「啊，伊原你來啦！」

直輝再說了一聲「早安」，並看看裡面的隔間問：「怎麼了？」我現在才知道直輝姓「伊原」。

「也沒什麼啦！不過就是要去拍伍迪‧艾倫的Garrett嘛！」聽起來，說話的人似乎快哭了。

「眞的嗎？在哪裡？」直輝邊對我招手，邊這麼反問。

「就在慕尼黑呀！」

「慕尼黑？什麼時候？」

「下星期啊。伊原你沒空吧？百地也不行，里子和小美要去舊金山……怎麼辦？」

聽到這裡，直輝拉過我的手，把我往隔板裡推。裡面並排四張堆滿文件的辦公桌。最裡面的一張坐著一個戴花梢眼鏡的中年女人。

「社長，這是我表弟，今天一整天叫他在這裡幫忙貼試映會的邀請函名條。」

直輝這麼介紹之後，我先行了個禮。還眞看不出來女社長的笑容如此溫柔。

「眞的嗎？太好了。你的大名是？」她問，於是我回答：「小悟。」但又立刻改口說：「啊，應該是小窪。」女社長和直輝立刻繼續剛才的話題。狹小的公司裡沒有其他人在。

喝著女社長倒的咖啡，我在靠近入口處的辦公桌前，照直輝所教的，一個人孤單地貼起收件人名條。主演這部《London Dogs》電影的是最近人氣十足、也很受我客人歡迎的裘德洛。不時聽到兩人從隔板另一邊傳來緊繃的對話，接連不斷進來的電話更一直打斷兩人的交談。

「負責這個的是百地吧？聽說他在紐約的專訪被拒絕了，但……」

「聯絡時好像被代理商刁難了一下。可是，下次拍攝的作品已經進來了。」

「是嗎……仍然要做導演的專訪啊？」

「當然要啦！之前百地一直拜託我，下個月的《CUT》做紐約特集，要我想辦法要到版面，所以還是要做導演的專訪。可是，爲什麼在慕尼黑呢？」

「電影這個月在歐洲上演吧！所以配合宣傳飛到慕尼黑，順便度假。」

「派人去專訪，預算可以抓多少？」

「這個嘛！採訪記者加上攝影師，如果可以的話，盡量不派口譯吧！」

「我心目中已有適當的人選，先去聯絡看看。上次派去米蘭影展的花輪先生，他的英語也挺行的……」

直輝一邊和女社長交談，一邊俐落地應對打進來的電話，有時還說起流利的英語。很好奇他是以什麼表情說英語？我從隔板上窺看。直輝架勢十足地靠在椅子上，一派悠閒的模樣，他向探出頭來的我打出「快去工作」的手勢。

老實說，直輝那樣子看起來真的好酷。有生以來，我初次有了想打領帶的想法。不知未來、小琴、良介有沒有看過直輝這個模樣？說起來，之前良介好像曾經誤打誤撞讓隔壁的算命師算過直輝。雖然他笑說算命師盡說些「他正在與世界奮戰」之類令人一頭霧水的話，但看了直輝在這裡工作的模樣之後，這傢伙的確和我不一樣，正在與龐大的世界奮戰。

我不斷被指派做些瑣事，例如，資料太多了要移到其他位置、文件要送去郵局等等。終於將收件人名條貼完，已經過了兩點半。

說要請吃午飯的直輝帶我到附近的拉麵店。我老實表達親眼目睹他工作情形的感想，直輝很高興地說：「我呢！從小就很喜歡電影，能把興趣當飯碗，感覺眞的很棒。倒是你，將來想做什麼？」

直輝突然這麼問，我不禁被吃進去的海鮮炒飯卡到喉嚨。也許是因爲從中學以後就沒人問過我將來想做什麼，我已經不會唱高調地說「想成爲機師或是醫生」。

「你說我嗎？」

「總有想做的事吧？如果是在餐飲店工作，將來總想要自己開店吧！」

「自己的店啊……」

我只說了這句便陷入沉默，只見眼前的直輝一副欲言又止的模樣，直盯著我看。我問：「怎麼了？」他支支吾吾地說：「沒、沒什麼！」那一瞬間，我領悟到他猶豫著不知該不該問我是靠什麼賺錢的。未來沒告訴他們任何人，也說不定他們是看不起這種行業的人。

「到底什、什麼嘛？」

我突然變得不自然起來，於是再次問了猛吃擔擔麵的直輝。雖然直輝還是回答「沒、沒什麼」，但他立刻抬起頭來直視著我。

「喂，你該不會是……」

「怎麼了？」

「離家出走？」

「什麼？」

「因爲離家出走才居無定所吧。如果眞是這樣，雖然我不知道什麼原因，但至少打個電話回家，你爸媽一定會擔心的！要是你提不起勇氣打電話，我可以幫你打喲。」

望著呼嚕呼嚕吃著擔擔麵的直輝，我心想：平常雖然像朋友一樣，但他畢竟是二十八歲的大叔。只不過雖然有點不屑鳥他，但在內心某處的另一個我想對直輝坦誠地說聲「謝謝」。總之，這是種很奇怪的心情。不知不覺間，他似乎成爲那棟公寓中玩友誼遊戲最出色的一員。

總之，我回答說：「我沒離家出走！」直輝喃喃地說了一句「是嗎」，便捧著湯碗，一口喝光了很濃的麵湯。

大概還在懷疑我是離家出走吧？回公司途中，直輝道出了他自己十五歲時堅決要離家出走的故事。「咦，像你這樣的人也會離家出走啊！」我笑說。「什麼意思？」他也笑了。直輝離家是在剛滿十五歲的那一年冬天。起初他想搭便車四處旅行，但因爲生性一絲不苟又在寒風中呆站路邊而痛苦不堪，結果只搭了電車前往八之岳。

「離家出走的理由是什麼？」

「理由？因爲年滿十五歲啦！」

「那算理由嗎？根本不成理由吧！」

「是嗎？我認爲是。」

雖然直輝說「收件人名條貼完了，你可以回去嘍」，但我總覺得很難就這樣離開，於是又跟著他回公司，幫忙整理資料、影印，直到傍晚六點，直輝的前輩、一個名叫百地的人回來爲止。

那天，勞動後神清氣爽地回到家，正好良介要出門打工。他問：「你今天要工作嗎？要不要我送你到新宿？」我要良介先別出門，打了個電話到小誠那兒。結果，小誠好像「手邊的搖頭丸用完了」。掛斷電話，對在玄關穿鞋的良介說：「今天還是休假。」

良介今晚打完工，好像會順道去貴和子的住處。送他出門時順便問：「交往順利嗎？」他露出傻傻的笑容說：「還可以啦！」

「什麼還可以，該不會還處在被劈腿的狀況吧？」我笑說。

「別說些討人厭的話。」

「可是，這是事實，不是嗎？」

「可我討厭這種說法。」

「怎樣的說法？」

「就是『事實』這個字眼。我怎麼也感覺不到這話裡的眞實感。」

良介說完，情緒頗佳地出門打工去了。我不知爲何突然想起，前幾天，小琴問良介：「喂，你跟貴和子在一起後，會避談梅崎學長的事嗎？」他卻很坦然地回答：「照說呀！說起來，和她在一起的時候，老是在談梅崎學長的事。」

小琴好像又和丸山友彥約會去了，未來也還沒回來。坐在客廳的沙發上才發現，只有我自己一個人在這裡。

雖然沒打算偷看什麼，但不知爲何又犯了平常愛溜進女生房間的毛病，打開衣櫃、桌子的抽屜。如同傳言中的，小琴的行李眞的只有小瓦楞紙箱三箱，整理得非常整齊，放在床邊。女生房的牆上裝飾著未來幾幅裱框的插畫。前幾天，她也拜託我讓她拍下巴、耳朵、背脊、大腿甚至是臀部的照片，當成她畫插畫的參考。

打開女生房的壁櫥，拉出疊在一起的瓦楞紙箱。裡面塞了未來之前還在穿的冬天毛衣，將那件白色毛衣拿起來看，從裡面掉出某樣東西。好像是錄影帶，裝在超商的提袋裡，還用膠帶封死。在好奇心的驅使下，愼重地拆掉膠帶。裡面有捲普通的SONY一百二十分鐘帶子。心想，該不會是什麼自拍帶吧？我快速走回客廳，將帶子放進錄影機。

播放出來的影像十分模糊，和想像完全相反。應該說根本不是色情錄影帶，而是一部很普通的電影。正想仔細看清楚是哪部電影，突然又換成另一部電影。每一幕都是女人被男人強暴的畫面。按快速鍵察看，全都是強暴的畫面。好像是將不同電影的強暴畫面剪接在一起。

「什麼跟什麼嘛！真低級。」

我不覺說出聲來，便將畫面停格，心想「這是當插畫的參考吧」，呆望著電視螢幕一會兒，忽然一陣寒意爬上背脊，覺得有股噁心的異味從牆上未來的插畫往客廳飄散。沒錯，那股異味就是精液的味道。老是殘留在大腿、腹部、胸前，黏答答的、拚命沖洗也洗不掉的那股腥臭味。

回想起來還真難以置信，剛開始在公園站崗的時候，我根本抓不住訣竅，現在辦完事之後，竟然能若無其事陪睡在客人身旁，聽他們述說各種心事。當然，很多客人說的都是自己年輕時的風光事蹟，只有其中一名男客說了從前在法國鄉間發生的殺人事件。如今我早已忘了那男客的長相，只清楚記得那不可思議的感覺和事件的內容。

從前，法國鄉間有個名叫皮耶的少年。少年和儒弱的父親，以及惡魔般的母親、妹妹、尚在襁褓中的弟弟五人一起生活。皮耶是個經常跟田裡的捲心菜聊心事，有時只能用枴杖、雨傘胡亂打捲心菜出氣的少年。但他打從心底愛著儒弱的父親。

皮耶的母親一天到晚數落自己的丈夫，罵他沒出息、沒自尊，不像個男人，對待丈夫如一頭驢。壞心眼的妹妹和母親站在同一陣線上。皮耶實在看不下去父親被妻子和女兒這樣鄙視。

皮耶的父親每天辛勤工作，皮耶也盡力幫忙父親。父親十分溺愛年幼的弟弟，爲了兒子，即使被妻子和女兒呼來喚去也毫無怨言。當然，皮耶也打從心底疼愛這個弟弟。

悲劇發生在父親外出工作時。皮耶爲了解救深陷苦海的父親，殺了正在暖爐煮粥的母親。他以銳利的器具襲擊母親的頸部和頭蓋骨，還在庭院殺了逃出房子的妹妹。他瘋狂攻擊手裡還握著蕾絲巾的妹妹的臉與頸部。之後，他從庭院回到家裡，又刺死了在搖籃裡嚎啕大哭的弟弟。

歷經長期逃亡，皮耶終於被逮捕了。刑警質問他：「爲何連心愛的弟弟都下毒手？」

他無力地這麼回答：「如果我只殺了母親和妹妹，就算父親害怕我做的事，只要日後知道我是爲了他而被判處死刑，一定會心存遺憾。所以，我連心愛的弟弟也殺了。這麼一來，父親不會爲我的死而悲傷，才能過得比從前幸福。」

看了未來的錄影帶後，不知爲何想起這個故事，腦海裡一直無法抹去這個名叫皮耶的少年影像。

未來的床邊，擺了一張她笑容滿面和麻里奈媽媽桑、幾個男同志的合照。不記得是何時的事了？某晚和未來一起到處喝酒，她喝到虛脫。我和男同志攙著她、笑她說「你這女人，無可救藥了」，她還中氣十足地高喊「再去一家吧」。

在床邊凝視那張照片時，心想有什麼能爲她做的呢？但立即覺得「不可能」而打消了這念頭。我不是那種能爲了誰做些什麼的人。

回到客廳，想取出未來的錄影帶，卻錯按成另一台錄影機的退出鍵。這裡擺著直輝與未來的兩台錄影機。從錯按的錄影機卡匣中退出的是前幾天與小琴一起看過的電影《粉紅豹2》。

自己也不知爲何會這樣，待發現時，連續強暴畫面的帶子上已經錄了粉紅豹扭腰跳舞的畫面。

倒帶從頭看起，所有被男人侵犯的女子影像全都消失，取而代之的是一再重複的「粉紅豹」跳舞畫面。只不過在某些瞬間、「粉紅豹」跳完舞的時候，會出現被侵犯女子扭曲的臉蛋。

4-3

昨晚，好久沒在公園站崗了。由於傍晚下了一場雷陣雨，天氣悶熱，交易進行得非常順利。清晨，原本要搭第一班電車回家，但不知爲何懶得回到千歲烏山，於是投宿在歌舞伎町的三溫暖。烤了三次七分鐘的乾浴，用擦澡巾擦了兩次身體，泡了一次澡後在休息室睡覺。

偌大休息室角落裡，打鼾的男人吵醒了我，離開三溫暖時已經中午，於是進儂特利點了一客鮮蝦堡。正好碰上第一場電影快開演的時刻，店裡擠滿看電影前想要塡飽肚子的客群。吧台有空位，抱著餐盤坐在那裡，一旁兩個五十多歲的男性正聊著「最近吃了這類東西，一整天胃都不舒服」的話題，一邊大口咬著烤雞堡。

店裡的音樂很吵，只能聽到兩人對話片段，但當鄰座戴鴨舌帽的男人喃喃提到「喂，兩年前我老婆不是走了嗎」，不知為何聽得特別清楚。那男人有點自嘲地笑說：「現在一個人在家，總覺得家變得好大！如果從早到晚待著，更覺得家裡空蕩蕩的。」

「是嗎？可是，你看起來一副很自在的模樣咧。而我呢，每天就跟老婆兩人待在家裡。如果不偶爾一個人到新宿來走走，都快透不過氣來了！」

我挺在意地望向那個戴鴨舌帽、被稱爲高品的老男人。他的眉毛特別長，戴了頂皺巴巴的帽子，鬢角摻雜著白髮，臉頰上有幾塊老人斑。

「我從去年開始送早報！」

被稱爲高品的老人說。耳尖的話，還是聽得到兩人的對話。

「送報？」

「由於早上起得早，剛好隔壁是派報社，於是去拜託老闆，每天早上讓我送三十家。」

「三十家？」

「雖然要花二、三十分鐘，但送完報紙，一整天的心情都很好呢！」

「冬天呢？很冷吧？」

「清晨的積雪很滑，如果跌倒就麻煩了，所以老闆要我休息。」

我專心聽著兩人的對話，渾然不覺地把鮮蝦堡、薯條都吃完了。正想要離席，這麼巧，隔壁的兩人也站了起來，於是又坐回原位，目送兩人離開。

兩人在店門口交談了一會兒，往不同方向分道揚鑣。我走出店門口，隨直覺追著每天早上只送三十家報紙的高品。

高品抬頭看著歌舞伎町電影街的看板，悠閒地繞了廣場一圈。我站在廣場中央看著高品繞圈圈，突然發現，平日上午的電影街，竟有許多和他同年齡的老男人獨自在這裡閒晃。

結果，高品選中的電影是《人魔》。我排在他的身後買票，跟著他進入戲院。在燈光亮著的時候，他猶豫不決地一會兒往後一會兒又往前走，無法決定坐哪裡。我暫時在門口等待，看著他選定座位。結果，他選了一個腿伸直幾乎碰得到銀幕的最前排座位坐下。

我坐在高品的後兩排看電影。之前在三溫暖沒睡好，稍微打了個盹，不過電影如同影評所說的，既怪異又有趣，最後漢尼拔醫生割下男人的頭、把他的腦髓做成湯品嚐的畫面，令觀眾忍不住驚呼起來。不經意看向前兩排的高品，他同樣聚精會神地盯著銀幕。

走出戲院之後，他筆直往新宿車站方向走，穿過車站大廳內的擁擠人潮，走進小田急線的剪票口。

高品搭乘兩分鐘後出發的各站皆停班車，雖然車廂內沒擠滿乘客，但座位已經坐滿。進入車廂，一旁正好是博愛座。學生模樣的年輕男子讓座給高品，車一開動，他便專注看起小冊子。

我抓著眼前的吊環站著，正好可從上方窺看他攤開的小冊子。高品只抬頭望了我一眼，似乎不記得數小時之前在儂特利，我正好坐在他的鄰座。

我第一次潛入別人的家，好像是在五歲的時候。當時我和失業的父親兩人住在多摩新市鎮的某國民住宅裡。那天是星期天，父親正好在看高爾夫球轉播。昏昏沉沉之際，天色已暗，待父親猛然察覺，在一旁玩耍的我已經不見蹤影。父親原以爲我在國宅的走廊或樓梯間玩耍，一開始並不擔心，也沒有外出尋找。可是，在平常常去的跳舞場也沒找到我。

父親焦急地大聲呼喊我的名字，搜遍了在晚飯時間飄著飯香的住宅四周。住宅區一旦有小孩失蹤，主婦動員得相當快。聽到父親的呼喊聲，歐巴桑紛紛聚集，分別組成公園搜查隊、河堤搜查隊，還有負責聯絡大樓防災組的代表，完全把父親晾在一邊。搜索隊伍瞬間組成，青白色的手電筒燈光在日已西沉的住宅各處交錯閃現。

當時，我待在一樓的新婚夫妻家裡。新婚夫婦外出，大概是忘了鎖門吧！我擅自闖進人家家裡，看著電視睡著了。

被發現時，好像已經過了晚上十點。據說，外面來了一批警察展開大規模搜索。當然，最早發現我的是從銀座百貨公司提了幾個紙袋回來的新婚夫妻。他們在停車場停好車，知道眾人緊急在找一個年幼男孩。年輕的妻子曾經在樓梯間見過我幾次，儘管逛了一整天百貨公司已經非常疲憊，她還是告訴管理委員說「放好東西，立刻加入搜索」，便很快返回自己的住處。

當年輕的妻子跑上樓梯，她先生已經站在大門前，說：「喂，你沒鎖大門耶！」

「怎麼可能。」

「不，眞的。」

「最後出門的是你。」

「不，是你吧！」

兩人互相爭執著進了家門。微暗的房間裡閃爍著電視螢幕的光線。那一瞬間，他們嚇了一跳。因爲在光線照到的地板上，有個男孩仰躺著睡得很沉。

高品下車的站名叫做「祖師之谷大藏」，若是坐京王線，就是在千歲烏山正南方的位置。

高品走出剪票口，悠閒漫步在從車站延伸的商店街，走進入口處堆放著小山般佛羅里達香吉士的超市。我考慮過要不要跟進去，最後決定在外面抽菸守候。二十分鐘後，高品兩手提著塑膠袋走出來。他站在店門口看了我一眼，眼眸深處浮現出「咦」的眼神，但沒有特別在意又開始逛起街。

離開商店街，經過日大商學院前，走過塞車的世田谷通。前幾天，我坐良介的桃子從多摩川堤防做完日光浴的回程途中，來過這一帶的肯德基。

過了世田谷通，高品走進住宅區。心想，不會是住在這裡吧？但高品就這樣穿過住宅區，不過他有時會停下來將超市的袋子換手提。道路從高聳的山崖下穿出。抬頭仰望山崖上有圍籬的地方，似乎就是世谷田綜合運動場。

高品的家就位於那山崖下，是一棟獨門獨院的兩層樓老舊建築，住宅四周以高聳的水泥牆圍起來。他打開生鏽的鐵門，頭也沒回地進到屋內。

從鏤空的水泥牆往裡面瞧，看見了正在大門插鑰匙的高品背影。屋裡似乎沒人，每扇窗戶都拉上窗簾，庭院的花壇上覆蓋著一層枯萎的鬱金香葉。

高品進入大門之後，我從鐵門門縫間溜進去，躡著腳走近大門前。刻著「高品忠義．春子」的門牌有點歪斜地掛著。他兩年前去世的妻子，看來叫做春子。我將門牌調正，然後又躡著腳溜出來。這似乎是間隨時都能潛入的房子。

一看手表，快要四點了。決定沿著仙川離開成城走回烏山。最近，總覺得自己老是在走路。例如，從經常站崗的公園、從和客人留宿的飯店、從客人的公寓、從無法熟睡的三溫暖出來，或是從最近嗑太多搖頭丸而在被子上漏尿的誠的公寓……老是走著離開各種場所，不過都是離開，卻沒有一個可以走回去的地方。

想起直輝在十五歲時決定離家出走的事。這是到他公司打工，一起到拉麵店吃午餐，他質疑我是不是離家出走時，順著話題提到的童年往事。

直輝說他原來打算搭便車，但坐中央本線到小淵澤，在那裡換乘了一條支線。如今他已不記得是在哪一站下了車。總之，走出杳無人跡的小車站，八之岳便聳立在眼前。車站前有清里民宿之類的看板，他笑著說：「大概就在那一帶吧！」

在那一站下車的好像只有直輝一個人。出了剪票口，眼前出現一條似乎已經幾年沒人跡的長長坡道往森林，十五歲的直輝漫無目的，無精打采地沿著那條坡道往前走，一路上聽見森林裡傳來的鳥叫聲。

「就在那時候，天空飄下了細雪！起初只是紛飛的雪花，不久後便下起大雪，冷到哈在手掌裡的水氣都變成了白雪。一開始下雪，山裡的天色就倏地變暗，從車站走了好長一段路也不見人影，老實說，不由得害怕起來。」

直輝好像留了一封不成理由的出走信給爸媽。

「雖然是年少輕狂的往事，但現在的我會想，是不是該在父親看到那封信之前回家。」

就在那時候，他在逐漸變窄的坡道上看見一棟山間小屋。於是，他大步踩平雜草，找出小徑，往那棟小屋走去。

「與其說是山中小屋，不如說是別墅型的小木屋。我敲了好幾次門，裡面根本沒人回應。如今回想起來，八之岳其實是避暑勝地。正當我想放棄、走回車站時，那種情境該怎麼描述呢？忽然之間，好像聽到誰說『眼前有片玻璃窗，你不會把它打破嗎？』本來我沒特別想要進入那間山中小屋，但不知爲何，一聽到那聲音，便生起一股想要進去、非進去不可的心情。當然，我很清楚那山中小屋是別人的財產，要是打破玻璃窗潛入，就犯了罪。雖然這樣，但該怎麼說呢？或許因爲當時我是離家出走，情緒變得有點亢奮吧！有股奇特的衝動驅使著我，使我很想進入那間小屋。更坦白地說，就是很好奇想要硬闖那陌生人所擁有的山中小屋看看……想要將自己的身體硬塞進那小屋裡，在那裡面自由地胡搞瞎搞一番……」

直輝拾起散落在腳邊的石頭，那石頭凍得似乎很冰了。降下的雪花染白了四周樹木的葉子。

「那聲音，那清脆的玻璃破碎聲，我至今無法忘懷。該怎麼形容呢？如果從整棟小屋來看，我所破壞的玻璃窗不過是其中的一小部分而已。可是，當那裡破了個小洞，該怎麼說呢……雖然我無法形容得很好，但我已經將那山中小屋摸得一清二楚，而山中小屋也了解我。」

直輝有點擔心似的偷瞄我問：「你懂嗎？」我很坦白地回答：「不懂！」

山間小屋裡好像還存放了許多未過期的罐頭、燻製的火腿等。直輝說他在那裡戰戰兢兢度過一夜之後，隔天變得更大膽。他從地板下取出木柴，第二晚就在暖爐生起火，裹著溫暖的毛毯，喝下生平第一口威士忌。天一亮，還到白雪皚皚的森林中散步——沐浴在冬日陽光下的雪白森林。

「待在小木屋的那段期間，真是太棒了。如今已經不常說很棒之類的話，但在小木屋度過的那幾天，真的很棒……太棒了，嗯，真是太棒了。」

沿著仙川離開成城，好不容易抵達烏山的公寓，結果這段路花了我將近兩個鐘頭。

打開大門，在鞋子散成一地的玄關蹲下來，正要解開休閒鞋的鞋帶，便聽到客廳傳來小琴的聲音：「啊，你看，小悟回來了！」

於是我回過頭往房裡大喊：「我回來了。」

「喂，快進來啊！」和小琴聲音一起出現的是良介跑出玄關的腳步聲。他冷不防罵道：「你跑去哪裡了？」

我有點害怕地回答：「怎樣？」

「從昨天就在等你！」

「那又怎樣？」

良介手上抱著幾本像題庫的書。我脫下休閒鞋，走上玄關。良介把題庫書推到我胸前，以自豪的表情說：「你看，這些。」

「這是什麼？」

「還問？看了不就明白了。題庫呀！」

「題庫？」

閃開良介，走進客廳。由於從成城回來走了兩個鐘頭，很希望快點坐到柔軟的沙發上。進到客廳途中，老是睡衣打扮的小琴笑說：「幸好，有小悟代替我參加大考。」

「大考？」

一坐進沙發，感覺昨晚以來一直走路的兩腿肌肉頓時失去了力氣。

「之前去多摩川兜風的時候，你不是說了嗎？」

抱著題庫書的良介杵在沙發旁。由於我在發呆，要不是沙發被踢了一下，根本沒想到要搭腔。

「什麼？在說我嗎？咦？多摩川？我有去嗎？」

「你說想去曬太陽，我不是用桃子載你去了嗎？」

「啊，中途回來到肯德基的時候……」

「沒錯，那時候你說了吧！」

「我說了什麼？」

「你不是說『我也想上大學』嗎？」良介將題庫書排在桌上。

「我看，你是賴不掉了！良介可是非常起勁要幫你。」小琴這麼說完，便將印有「數1」的題庫推到我面前。

「嗄？要我做這些題目？」

「你不做的話，誰做？要大考的是你吧？」

「等一下！」我連忙甩開推過來的題庫書。

的確，在多摩川的河堤上，和良介一起想把蒼白的皮膚曬黑時，不知從什麼話題談到了上大學的事。

「良介，你大學畢業以後打算做什麼？」我記得自己漫不經心地問。良介很坦白地回答說：「回鄉下去！」

「咦？要回去嗎？好不容易才來東京，在這裡找工作不就得了。」

「不想。待了三年，我深深體會到自己並不適合待在東京。現在連放暑假和過年我都回家去。」

「大家都知道嗎？」

「你是指？」

「直輝他們啊！」

「沒必要提吧！」

「那你畢業以後，要搬出這公寓嘍？」

我問得理所當然，良介點點頭沒說什麼。我心想大概是不久以後吧！

「如果我也去念大學，至少能改變什麼吧？」我的確這麼自言自語。可是，那終究只是自言自語嘛！我根本沒上大學的意願。

現在回想起來，我說那些話的時候，的確察覺到在一旁塗防曬油的良介眼神突然一亮。沒錯，就像發現了獵物般那種銳利的眼神。

「放心吧！我會拚了這條命教你。」

「不必吧！可別爲我拚什麼命。」

我悄悄伸腳把桌上的題庫書往後推遠一點。良介卻又推回來說：「可別跟我客氣。」

「我才沒客氣哩！而且，我才國中畢業。」

「我知道。所以才有所謂的大考啊？」

「不要啦！太勉強。眞的太勉強了。」

「不去考考看怎知不行呢！」

對於良介充滿熱情的進逼，我不禁害怕起來。小琴在一旁一臉幸災樂禍，聽我們對話，嘲笑地說：「你可反悔不了，良介老師可是幹勁十足哩！」

「哎，眞的不行啦！」說完，我想立刻逃離兩人的面前，良介卻一把抓住我的手臂。

「太遲了！我已經決定了。」

「我才不管你決不決定呢，我說不行就不行。」

「那這些題庫該怎麼辦？我特地跑去買的耶！」

「關我什麼事啊！」

我奮力想甩開，手臂反而被抓得更緊，脖子幾乎整個被扣住。看我的頸子被絞住、不停喘氣的模樣，小琴輕聲說：「你就答應嘛，試一下也沒什麼大不了的。」

「絕對不行的。因爲我連分數都不會算呀！」

「我說了，我會教你嘛！」良介勒住我脖子的手勁加重。

「等等，快掐死我了！」

「念不念？」

「都說了，不行！」

「那我也不放手。」

良介更加使勁。脖子被勒住，嘴裡的舌頭也腫脹起來。小琴將題庫捲得啪啦啪啦響，笑著說：「我也可以幫忙啊！雖然我不會教功課，不過我能做消夜或是在衣服上縫個幸運符。還有，要是你很敏感地聽到『落榜』或是『成績下滑』之類的話，我可以像個媽媽一樣在一旁給你打氣。」

「念不念？念吧？」

彷彿回應良介的要脅，電視螢幕突然轉成花白。現在的電視機售價雖然不貴，但這裡的每一個人都不願買一台新的。最近，大家甚至還互相比賽，看誰能最快修好電視。

我就著被良介勒住脖子的姿勢靠近電視，照大家所教的方式，用「強強弱」的節奏敲打電視機側面。

「你別管那台電視了。到底做？還是不做？」

爲了逃脫良介緊箍的手臂，我答說：「知道了啦！我做就是了嘛！」

我按著喉嚨、激烈地咳嗽，一旁的小琴卻興奮地說：「不知爲何，家裡有個考生覺得好緊張喔！」

老實說，我在這裡住得太久了。和這些傢伙玩扮家家酒遊戲恐怕沒完沒了，不僅要參加大考，搞不好還得到一流企業上班呢！

伊原直輝

28歲，獨立電影發行公司業務

現在，預測第五十四屆坎城影展得獎名單中

5-1

今天拔了智齒。不，也許還沒拔。舌頭沒了感覺，連牙拔了沒也分不清。醫生說：「你麻醉的效果不佳，所以麻醉藥注射量比平常多。」恐怕是因爲沒睡好就來治療的緣故吧！

牙科醫院在車站的另一側。拔牙後，在櫃台領了止痛藥，手壓著沒感覺的下巴結帳。這時坐在等候區人造皮沙發上的男孩一臉恐懼看著我。爲了安撫他，刻意對他笑了一下，但那男孩卻微微一震，慌忙避開視線。大概打了太多麻醉藥的關係，笑容顯得很不自然吧。

離開牙科，走過站前的商店街。在平交道等待電車通過期間，卻覺得平常令人焦躁的警鈴聲聽起來很遙遠，似乎連體內的感覺都麻痺了。

回到公寓，一打開大門，小琴便從客廳飛奔出來。站在她身後的未來，一臉宿醉、睡眠不足的慘白模樣。

「琴被直銷人員纏上了，該怎麼辦？」

未來這麼問，站在前面的琴則垂頭喪氣。

「直刁痕員？」

因麻醉未退，話說不清楚。想再重說一次，口水卻從唇間流出來。我打算把事情問個清楚，搭著兩人的肩進了客廳。星期六的上午，良介仍在客廳裡逼小悟解數學題。

中斷功課的良介和小悟、喝著highold C的未來，在揉著下巴的我面前說起小琴被纏上的原因。

昨天，小琴和隔了十一天沒見的丸山友彥約會。她走出惠比壽的飯店後，一個人在道玄坂一帶閒逛，爲了打發時間，她走進美容沙龍，卻被一名年輕男子叫住推銷化妝品。由於其他客人紛紛簽了合約，她無法拒絕，便分期付款買了共四十萬圓的美容券和化妝品。直到今天早上醒來，她本人似乎還相信「那是很正當的交易，絕對不會是騙人的」。不過，四十萬畢竟不是小數目，不是能不在乎的一筆錢。於是，她叫醒宿醉熟睡的未來，商量對策。剛好我就在這時拔完牙回到家。

「如果是昨天才簽的約，那就沒關係。」我口齒不清地說。「打電話給消費者協會，將合約內容傳給他們就行了。不要擔心，沒事的。」

慘白著一張臉的小琴這才恢復了血色。

「眞的？」

「眞的。總之，先打電話給消費者協會。」

我說完，從沙發站起來，想趕快到浴室的鏡子前確認自己嘴裡的狀況。

站到洗臉台的鏡子前，立刻聯想起拔掉的牙齒丟進不鏽鋼盤的鏗鏘聲。雖然醫生沒讓我看到拔掉的牙齒，但現在似乎感覺得到洗臉台裡鏗鏘掉進一顆沾滿血水的牙齒。當然，洗臉台根本沒有沾了血跡的牙齒，反而有根呈問號模樣的長黑髮黏附在上面，大概是小琴的頭髮吧！

張開口要照鏡子，背後的門打開。

「打了電話，眞的就沒事嗎？接下來我可得履行合約。」

映在鏡子裡的小琴說。我張大了嘴，對著鏡子點點頭回應。

用心地漱了幾次口，盯著血水摻著唾液流進排水口。走出浴室，沒見到良介和小悟在用功，只有未來壓著頭喊痛。我走到未來面前時，她問：「牙拔掉了嗎？」

「你看。」張開嘴讓她瞧。

「痛嗎？」

「不，沒感覺。」

「麻醉藥退了的話，就會開始痛嘍。」

「是吧！」

「今晚要不要陪你？」

「做什麼？」

「去喝喝酒，反正你會痛得睡不著吧？」

她自己還在宿醉頭痛，竟能說出這種話。眞搞不清楚她是體貼呢？還是想喝酒？

「良介他們呢？」

聽我這麼問，未來歪著頭說：「不是跟著小琴出去了嗎？」從沙發上起來，搔著屁股走進女生房。

我不認爲小琴像個大姊姊，奇特的是小悟他們非常黏她。我從客廳穿過廚房，大口喝起富維克礦泉水，完全像在痛飲淡淡的血水。走進男生房想整理堆積如山的換洗衣物，瞥見良介站在陽台上。跟小琴出門的好像只有小悟，大概是找藉口逃離良介的斯巴達式教學吧！

我抱著洗衣籃走到陽台，對著良介的背影問：「你在做什麼？」倚在欄杆上望著眼下舊甲州街道的良介頭也沒回。「嗯？沒做什麼，只覺得眞不可思議啊！」

「有什麼好不可思議的？」

從良介身旁探頭眺望下面的道路，沒什麼特別的光景，和平常一樣，車子行走在柏油路面的單線道上，並在正下方的某交通號誌變紅時停下來。

「有什麼不可思議的？」我再一次問。

「因爲，車子都不會撞在一起。」

眞不知良介要表達什麼。瞄了他一眼，臉上看不出任何答案。

「你看，車子就那樣沿著道路開過來，一到紅綠燈口就規規矩矩和前輛車保持一定距離停下來！一天當中好幾千輛車在這裡停下來，可是沒有任何車子撞在一起，你不覺得很不可思議嗎？」

良介下巴抵著欄杆繼續往下看，又說了一次：「嗯，眞的很不可思議！」就算眞的如此，也不是什麼特別值得感慨的事。我默默地離開陽台，開始洗衣服。洗衣槽裡有一隻不知是誰的襪子。

盯看了一會兒洗衣槽注水的情況後，走進廁所。閒來無事，拿起放在腳邊的芳香劑，擠壓胖胖的瓶身，直到裡面的膠狀物溢出來才停手。突然想起一件和芳香劑無關的事——答應百地要借他行李箱。下週，社長和百地要出發去坎城影展。

從大學時代的打工算起的話，待在這家公司整整八年了。去過柏林、威尼斯兩次，但還沒去過坎城。上個月看到坎城當局送來的宣傳冊子，今年的電影作品比去年有趣多了。社長和百地都推測金棕櫚獎的得主是大衛．林區的新作，但偏愛日本片的我卻覺得《鰻魚》、《甘草老師》拍得較有趣，因此滿心期待日本巨匠今村昌平導演能第三度獲得此一殊榮。我們出差到各影展的主要目的當然是採購影片，只不過今年的坎城影展從資金面來看，並沒有條件相當好的作品，所以公司的政策是不打算大手筆購片。

走出廁所，拉開男生房的壁櫥拿出行李箱。良介仍然在陽台上往下看，一旁轉動中的洗衣機發出誇張的聲響。

我搬開良介的網球拍、滑板，從裡面拉出行李箱。上次用到它是參加去年在洛杉磯舉行的ＡＦＭ電影節。把行李箱移到房間正中央，打開來看，裡面仍有件掛著吊牌的BANANA REPUBLIC襯衫。這件女用襯衫是買給美旅的禮物。

除了襯衫外，行李箱裡還有住宿飯店的盥洗用品，以及在飛航中閱讀的三本書。每本書的封面裡都以原子筆記下讀畢的日期。如果依照所記的日期排列，依序看完的是詹姆斯・巴拉德（James Graham Ballard）的《超速性追緝》（*Crash*）、阿波利奈爾（Guillaume Apollinaire）的《一萬一千鞭》（*Les onze mille verge*），以及池澤夏樹的《馬西阿斯吉里的下台》。

蹲在地板上，啪啦啪啦翻開書本，洗衣機鈴響了。高中時代的學弟梅崎幫他學弟良介搬來的這台洗衣機是雙槽式的，沒辦法直接脫水。

我把衣物移到脫水槽，下面傳來汽車碰撞的巨響。下巴抵在欄杆上的良介「啊」地大叫了一聲。我趕緊靠往陽台欄杆，像要攀到良介背上似的往下眺望，看見一輛白色轎車撞上另一輛載貨用的休旅車。轎車的引擎蓋受損，微微冒出灰煙。被撞的休旅車則是整片後車窗出現細微裂痕。

良介臉上的表情像在牙科候診室裡見到的那個男孩。

「哇，撞、撞車了耶！」

「都是你，說了不該說的話！」

當然，這場車禍和良介剛剛所說的話根本毫無關係。

被撞的休旅車司機先下了車，好像沒受傷，踏著穩健的步伐走近轎車。他敲了敲車窗，坐在駕駛座上茫然失神的中年女子這才回神過來看他。原本她下巴抵在方向盤上發呆望著毀損的引擎蓋，察覺有人敲窗，才倏地點頭道歉。可惜聽不到兩人的對話。

「你都看見了嗎？」

我拍拍良介的肩膀問，他語帶興奮地回答：「我看見嘍！全看到了。」

「原以爲那輛車會很正常開過來，正常停下來，沒想到就『碰』的一聲……以前也看過交通事故，但像這樣從高處往下看到還是頭一遭哩！害我不自主地伸手出去。」

「伸手出去做什麼？」

「沒打算做什麼，只不過想阻止它發生！」

後面的車子爲避開擦撞的兩輛車，駛出新動線，而對向車道的車輛也已經恢復爲良介所說的「普通」情況，當交通號誌轉爲紅燈時就停下來，轉爲綠燈便駛離。

看來這場車禍一時解決不了，我不再好奇地看下去，回去洗衣服。我放下脫水槽內蓋時，良介又大叫了一聲，趕緊飛奔到他身後。順著他所指的方向看過去，在車禍現場圍觀的人群中竟然見到小琴和小悟身影。

「喂——」

一旁的良介大喊。看熱鬧的人紛紛往公寓陽台這邊望過來，我不由自主隱身到良介背後。「你看到了嗎？」小琴的叫聲清楚傳來。良介完全不在意群眾的視線，得意洋洋地朝兩人揮揮手說：「看到了、看到了。」

當三名警察出現在車禍現場，眼明手快地開始採證，衣服脫好水了。

小琴正在客廳，依消費者協會人員的指示謄寫申訴文件，小悟在一旁重新攤開題庫書，良介教他解三角函數。當初找了一堆理由從良介身邊逃開的小悟，這幾天即使良介外出打工，他也一個人在客廳練習解題。

曬好衣服回到客廳，小琴已經外出去郵局，良介和小悟兩人在桌上針鋒相對，大聲爭執。

「這問題昨天就做過了吧！」

「還沒做！」

兩人都繃著臉。我忍不住摸了摸臼齒。雖然牙齦還沒什麼感覺，但嘴裡有輕微的洗潔劑味道。

「算了。乾脆看解答吧！」

良介放棄似的這麼說，站起來上廁所。我想說些安慰的話，對直接翻解答欄的小悟說：「眞慘啊！」他反而發起脾氣來：「有什麼慘的！反正每天都得做。」

「你眞的要念大學嗎？」

啪啦啦翻閱堆在桌上的題庫書，我若無其事問道。

「怎麼可能念得成。你想我有那筆錢嗎？」小悟回說。

「既然這樣，爲什麼用功？」

「你沒看到良介那樣子嗎？拒絕不了嘛！」

小悟抬起下巴朝良介進去的廁所方向指。

「你是爲了良介念書？」

「也不完全是爲了這原因……」

很快從廁所出來的良介瞄了一眼男生房，看見我拿出來的行李箱問：「咦，直輝要去哪兒嗎？」剛剛從陽台回來時，他因爲目睹車禍太過興奮，沒發現行李箱搬出來了。

「不，要借給公司的同事。」

這麼回答完後，在一旁看解答的小悟問：「借給公司的哪個同事？」

「下週，百地要去坎城，所以要借他行李箱！」

「坎城？百地一個人去？」

「不，和社長兩個人。」

「那這段期間，人手還是不夠吧？我可以去打工嗎？」

「你還想到我們公司打工嗎？現在的工作辭得掉嗎？」

聽我這麼問，小悟移開視線，很曖昧地回答：「還沒能決定……」

我把手上的題庫書往桌上一丟，拍拍小悟的肩膀說：「這次會先和社長商量好。」

這時，從女生房出來、還在宿醉的未來，往廚房走時瞄到男生房，和良介問了同樣的問題：「咦，直輝要去哪兒嗎？」我正要解釋，一旁的小悟代為回答：「公司的人要去坎城，所以拿去借他。」

「公司的人是誰？」未來繼續問。

「一個叫百地的人。」回答的也是小悟。

5-2

儘管是星期天，我上午仍要去上班。某位韓國電影女星下週專程來日本爲我們公司宣傳，今天一定要協調好她在首都東急接受《君子》及《Elle Japan》等雜誌採訪的行程表。

昨天傍晚，麻醉藥退了之後，一如所料的牙齒開始抽痛，連忙服了兩顆止痛藥。不過，還眞被未來說中了——「如果不喝點酒會睡不著」。等她下班回來，我們去站前的豆腐料理店喝酒。雖然拔牙禁喝含酒精飲料，但我也因此睡得很好，一覺到天亮。一早起來又服了止痛藥，但坐到電腦前敲鍵盤時，牙齒又開始痛起來。

傍晚六點前，正好忙完工作，想趁公司沒其他人上班，到附近的錄影帶店租美旅推薦的台灣電影《戀戀風塵》，在公司的大螢幕電視看完再回去，這時美旅打電話到公司。

美旅在電話裡說：「我母親來我這兒，待到昨天喲！」她母親總是預留一份土產給我，因此她邀我今晚到那裡吃個便飯。彼此推薦了幾家可供選擇的餐廳之後，決定在四谷的某間小型義大利餐廳碰面。美旅上星期也來烏山的公寓玩。她頻繁與我會面的理由只有一個：抱怨戀人的不是，但聽她抱怨並不是件愉快的事。

離開公司已過了七點。關掉電腦、補充好影印機用紙正要離開，傳眞機的通訊聲響起。覺得不放心又折回辦公室等文件傳輸過來。傳來的好像是要刊登在下一期打工情報誌上的徵人廣告校樣：一週工作三天（包括接聽電話）、時薪八百圓、學生可。最近公司經常沒人在，想起社長說過或許該請個接聽電話的工讀生。我在傳眞背面草草寫上「由於有適當的人選，請先保留這職務」後，放到社長桌上，離開公司。

抵達義大利餐廳，美旅已經就座。紅格紋桌巾上放了一只Ralph Lauren的紙袋。美旅似乎心情很好，我還沒坐下，她便開口暢談母親在新宿飯店停留二、三天期間的事。Ralph Lauren的紙袋裡是一件深藍色夏季線衫。

「你母親說了什麼嗎？」

將線衫貼在胸前這麼問，美旅意味深長地笑說：「當然有啦！說你怎麼還沒來接我回去！眞是個拖泥帶水的男人。」

「怎樣？適合我嗎？」我問。

「我先幫你點餐了，可以吧？」美旅說。

美旅的母親偶爾打電話給我。當然，她早知道美旅搬離我家了。她總是發個十五分鐘牢騷，然後一聲「說完了眞爽」便掛斷電話。每次要掛斷前都問：「直輝你很快就會交新女朋友了吧！」她母親的牢騷只有三種，一是對在產物保險代理商任職的老公的牢騷；一是對獨生女和庸俗中年男人同居的牢騷；還有就是抱怨放任這樣的女兒不管、沒出息的我。

即使和美旅分手了，每個月我們還是見面二、三次，就算一起吃飯聊天，也沒什麼新鮮話題。和美旅只交往了兩年，可是總覺得和她的關係會一直維持下去。我認爲她多少也這麼想。有時，美旅會說：「光靠兩年的回憶就能來往一輩子，我們還眞是有效率啊！」

美旅點的是蔬菜千層麵。她仔細把餐刀插進肉汁肥美的麵裡要切開時，突然問：「喂，你該不會是心情不好吧？」忍著牙痛用餐，的確很不舒服。其實只要說「昨天，我拔了智齒」就沒事了，但不知爲何沒說，反而只回答說：「沒有，我沒心情不好。」自己也說不清是何道理，只不過心裡有股曖昧的情緒：就是不想把今晚呈現在她眼前的態度簡單歸咎於拔牙的緣故。

悠閒地用完甜點、離開餐廳，已經過了九點半。兩人決定去喝一杯，但走出小巷來到大馬路上，正好是地下鐵的入口。其實也沒什麼特別的理由，但總覺得回去也好，因此氣氛變得有些尷尬，兩人就這樣走進地下鐵站。

和美旅在地下鐵的售票口分手。目前，她住在同居男友三年前買下的晴海高層華廈裡。我當然沒去過那裡，很難想像一個年約五十歲的單身男人買的是什麼樣的華廈。不過，從去玩過幾次的未來口中聽到的訊息是「和我們住的公寓簡直是天壤之別。如果對方是伊莉沙白．泰勒，我們就是狄凡*喲」之類愈聽愈迷糊的說明。

抵達千歲烏山車站，迎著每天拂面而來的夏夜微風逛起商店街。今天是休假加班，沒穿西裝，從休閒衫領口徐徐吹進的微風溫柔地撫慰胸膛。

中途走進錄影帶店。站前的出租小店沒有《戀戀風塵》，於是在店裡走來走去，漫無目的地找片子。在以導演分類的角落聽見一對和小悟同年齡的情侶，手裡拿著庫柏力克的《二〇〇一年太空漫遊》，正討論「這部片子會不會有異形出現啊？」我不知不覺面露微笑盯著他們瞧。男子察覺這異樣的眼光，迷惑地朝這邊瞪，好像在說：「瞧什麼！」

我立即離開現場，但心中默默說道：「這部電影出現的不是什麼異形，而是更

* Divine（1945-1988）:美國男星，以變性表演聞名。

恐怖的東西呢！」

念小學時，我已經在電影院看過《二〇〇一年太空漫遊》，當然是重映的片子。我曾經和父親去過好幾次電影院，加上電視放映的電影，和周圍的朋友比起來，我的確看過不少電影。儘管當時我還是小學生，卻已經懂得因一九七〇年的義大利片《向日葵》裡蘇菲亞・羅蘭搭火車離去的畫面泫然而泣，還因爲把自己的未來投射於《阿拉伯的勞倫斯》而苦悶不已。不過，沒一部片子比得上看《二〇〇一年太空漫遊》時的鬱悶。連看《大法師》都不害怕的我，對這部片子所感受到的竟是一種無可壓抑的恐懼。當片中經典的最後一幕呈現在眼前，我那幼小的心靈直覺感受到的是：這世上存在著我們人類無法理解、非比尋常的巨大異物，在那異物的面前，人類有如塵埃般微不足道。

父親拉著我走出電影院時，眞覺得自己渾身虛脫，彷彿從骨子裡被榨乾了一樣，身體軟綿綿的只剩下一攤肉。所以當父親問我「有趣嗎？是不是有點難懂」的時候，我一句話也說不出口。只知道看了這部電影之後，自己充滿了既憤怒又悲哀的情緒。只是，那眞的是我在憤怒、悲哀嗎？現在，連我自己也不清楚，那種潛藏在身邊的憤怒、悲哀，究竟是誰的情緒！

結果，在錄影帶店沒借任何片子便回家。一踏進玄關，屋內一片昏暗，女生房、男生房裡好像都沒人。很久沒回到如此暗沉的屋子。我反手關上大門，不由自主地呆立在漆黑的玄關，靜立在黑暗中立即又感受到遺忘已久的牙疼。空無一人的家中，一片寂靜，只聽見窗外微微傳來的街道嘈雜聲。

脫掉鞋子，走進漆黑的客廳，雖不是刻意，但這時卻連自己的呼吸都聽得一清二楚。

「不是你吧？」

黑暗中，猝然蹦出未來的聲音。我不禁「嗄」地驚叫一聲。

「搞什麼啊！你在的話，起碼開個燈嘛！」

像要掩飾自己膽怯的尖叫，我不由分說大聲罵道，伸手按下牆上的電燈開關。燈光閃了幾下，映現出端坐在沙發上、鐵青著臉的未來。

「爲什麼做那種事？」

從她的表情，立刻知道她並非故意嚇我。

「不是你吧？」

坐著的未來又慢慢問了一次。不知爲何，她手上緊握著一捲錄影帶。

「到底發生了什麼事？」

「你沒動我櫥櫃裡的私人物品吧？」

未來盯著地板的某一點，眼神發直。

「你私人的物品？我幹麼動？」

我無法靠近正經八百坐著的未來。

「不是良介，也不是琴。如果也不是你的話，那一定是小悟嘍！快把小悟趕出去！現在立刻！」

未來這麼吼叫著，將握在手上的錄影帶往牆上扔。錄影帶「喀嚓」一聲彈到地板上，再滾到我的腳邊。我完全不清楚到底發生了什麼事。

5-3

今天一整天在公司埋頭整理傳票。由於人手不足，財會方面的工作幾乎都是我找空檔兼著做。下午，會計師事務所的女職員跑來收傳票，她表示：「千萬別想在一天之內全部搞定，這種工作得每天慢慢做，才能順利完成。」提醒的內容和上個月完全一樣。

社長好像已經打電話取消原本應該刊載在打工情報誌的徵人廣告。一聽我說「就是之前帶來幫忙貼名條的小悟呀」，她當場就決定錄用小悟，說：「啊，那個男孩啊！如果他願意打工的話，那就叫他來吧！」

會計師事務所的女職員回去後，我和社長一起外出吃午飯。「太久沒去吃好吃的了。」社長帶我前往新大谷飯店的石心亭途中，談起最近在ＮＨＫ上看過的節目。

那是探討一名年輕回教徒對紐約中下階層人士傳播伊斯蘭教的紀錄片，雖然不清楚社長轉述的內容有幾分正確，但那年輕人好像對有毒癮的黑人中年婦女表示「只要虔誠信仰，多年來的人生會由黑變白」。數日後，黑人中年婦女改信伊斯蘭教。從年輕人手中接過《可蘭經》，她那因吸毒而布滿血絲的雙眼滿溢著淚水說：「這麼一來，我的人生就變白了！」

社長說完紀錄片的主要內容，便問我：「覺得怎樣？」我回答說：「沒特別感覺！」

石心亭的午膳有赤松鯛或腓力牛肉兩種主餐。社長選了赤松鯛，我便決定點腓力牛肉。

用完餐離開飯店，兩人慢慢走上紀尾井坡道，坡道的盡頭延伸出一條步道連接河堤，眼前是開闊的上智大學運動場，遠處隱約可見迎賓館的屋簷。社長表示想要歇一會兒，我們並肩坐在休閒椅上。天空萬里無雲，陽光已有了夏天的味道。呆坐了一會兒，麴町中穿著清一色運動衫的孩子賣力地在步道上奔跑。他們的臉色紅潤，沐浴在初夏陽光下的額頭上浮現汗珠，飛奔過的腳步下揚起一陣乾燥的泥土味。

「啊，對了，我想介紹一個女孩給你。」一旁的社長突然這麼說。

「不必啦！我自己找。」連忙婉拒，社長笑說：「該不會和分手的女友還牽扯不清吧？」

「這麼牽扯不清才有戀愛的樂趣吧？」

「你說的是眞心話？」

今年剛滿四十一歲的社長不知在哪裡遇上一個和良介同年齡的大學生，正在交往。不記得何時在酒席上問過：「社長喜歡什麼類型的男人？」社長半開玩笑半認眞的口吻說：「我喜歡的類型，就像聖方濟修會的會規喲！」聖方濟修會的會規似乎是「清貧、童貞、服從」。

傍晚出席了試映會宣傳小冊的製作小組會議。和往常一樣，最後採用的是出資最多的某公司部長所提出的落伍設計與概念。走出會議室，我語帶無奈，向提案未受採用的百地說：「作品是以內容取勝！內容喲！」溫柔拍拍他的肩膀。

之後，我沒有回公司，一個人跑到青山的「Halcyon」喝酒。店主告訴我：「未來也快到嘍！」心想被她逮個正著，恐怕又要奉陪到天亮，慌張地想離席時已經來不及了。在別處喝過一杯的未來和她老闆愼二先生出現了。未來一見到我坐在吧台，立刻跑過來呼著很重的酒氣說：「跟小悟說了嗎？」我佯裝不知。

「還問『怎麼了』，我不是拜託你把那傢伙趕出去嗎！」

「那傢伙到底做了什麼？不分青紅皀白就這樣要人『滾出去』，現在怎麼說得出口？」

我邊將白酒淋在店主端來的草莓上邊回答，但未來還是不死心地吼道：「誰叫他亂動我的私人物品，立刻趕他出去！」

本想向小悟問清楚原委，但他太害怕未來的火爆脾氣，這幾天都不見人影，沒機會問。白天趁未來和我去上班的時候，他好像偷偷回來過。小琴問他惹惱未來的原因，他只回答：「我沒有惡意。不過，請轉告未來，如果令她不愉快的話，我已經在反省了。」但重點是他到底做了什麼，他卻一個字也沒提。

「也許是偷看了日記什麼吧。」

「未來沒有寫日記喲！」小琴很有把握地否認了我的看法。

想起明天中午開會的事，我說了句「先走了」便站了起來。「等等！」未來連忙抓住我的手臂，我再問一次：「那你說啊！小悟到底做了什麼？」

「好啦！我說就說！不過，我說了以後，一定要把那傢伙趕出去。」

未來把狠話說在前頭，然後開始訴說小悟的罪狀。

結果，我還是甩開了未來的手，離開了那家店。因爲她說「他在我最重要的錄影帶上錄了《粉紅豹》」。眞要我評理的話，這只不過是芝麻綠豆的小事。何況她那捲所謂最重要的帶子上，不過就是剪輯了不同電影的強暴畫面而已。就算不是小悟，別人也會想要消除這樣的內容的。

走出店門，背後傳來未來「等一下」的叫聲。

未來有種一喝醉就隨便躺下來睡的壞習慣。有時當大家站起來準備回家了，明明前一刻還在胡鬧的未來卻不見了。大家以爲她一個人先回去了，各自披上堆在沙發上的外套時，卻發現未來竟然躲在外套堆下睡覺。不知她夢見了什麼？臉上浮現幸福的笑容，而且睡得很香甜，甚至打起呼來，令人忍不住想：睡成這樣，竟然沒窒息！有時有種衝動想問未來，到底爲了何事悲哀，非得喝成這樣？

在千歲烏山站前的三一冰淇淋店買了冰淇淋回家，客廳裡只有小琴，良介打完工後到貴和子的住處留宿，小悟好像還在害怕未來而沒回來。

小琴的表情有點暗淡，她把她選好的冰淇淋口味移到雕花玻璃盤中。小琴一天天地逐漸有了這個客廳主人的架勢。最近，連她不在的時候，大家都很有默契地把小琴平常的位置空下來，在家中能立即答出披薩店折價券、面紙放在哪兒的，也只有小琴。

小琴沒把舀在湯匙裡的冰淇淋送進嘴裡，只是發呆。我關心地問了一句：「怎麼了？」沒等她回答，便打算走進男生房脫下襯衫。在衣櫃前鬆開領帶時，鏡子裡映現小琴站在門口的身影，我嚇了一跳回頭。手裡握著湯匙的她，直盯著我的背影。心底湧現不妙的預感，我不由自主設下防線說：「今天在Halcyon碰到未來，她又喝醉了喲！」

「嗯，直輝……有點事想和你談談……」

心想，來了。儘管如此，還是盡量不動神色地問：「談什麼？」小琴想談的一定和丸山友彥有關。雖然對她不好意思，但一身疲憊回來的夜晚，實在不想再聽她訴苦。

「怎麼了？交往得不順嗎？」

解開白襯衫鈕子，盡量不看她。小琴低著頭，仍然站在原處。

「呃，我還沒跟任何人說……」

「嗯，什麼事？」

嘴上這麼說，心裡卻暗念著：既然還沒對任何人說，就不必對我說了吧！

「呃，我們已經很小心了，可是……」

聽到這裡我就明白了。脫掉白襯衫，我只應了一聲「嗯」。

「還無法對丸山說……」

換上愛迪達運動衫，搭著小琴的背走出男生房，一起坐到沙發上。

心想：假如小琴肚子裡的寶寶是我的，該有多輕鬆呢！我只要回答「不論怎樣，明天再說吧」，然後關了燈馬上鑽進被窩裡，就算只是這樣也是很好的答案。

可惜小琴肚子裡的孩子並不是我的，而是只在電視上出現的男明星的小孩。說得更坦白點，小琴這幾個月的確和我們一起生活，但終究只是朋友。而這種朋友之間的分寸是很難拿捏的，既不是親密到能夠粗魯對待，也不是疏遠到在這種情況下只要假裝關心便可以了事。

「你應該先找丸山談吧？」

總之，我準備擺脫這種吃力不討好的深談。

「我知道，但不知爲什麼就是沒辦法對他說……」

心想：就照剛才你告訴我的那樣說，不就能表達得很好嗎？桌上的冰淇淋慢慢融化。

「可是，你們還是得好好談一談啊！」

「嗯……雖然是這樣……如果你嫌麻煩的話當然不勉強，但直輝你可不可以幫我去問呢？」

聽到她的請求，我不由得焦躁起來，心中響起低音奏鳴曲般「不要、不要」的聲響，但不知是否太軟弱了，我還是在忍耐敷衍，最後脫口說出的竟然是「嗄？幫你去問？問什麼」如此不清不楚的回應。

「就是說，如果我懷孕的話，他打算怎樣？」

「如果懷孕的話？你不是已經有了嗎？」

「雖然是這樣……只不過我覺得以『如果我有了』這樣的假設去問，對方還有冷靜思考的空間，總比直接說『我有了』好一點吧！」

小琴是把丸山當笨蛋嗎？還是小琴自己本身就是個笨蛋？我不作聲地舔起薄荷巧克力冰淇淋，甜蜜的冰淇淋使得因辛辣酒精而發麻的舌頭恢復了味覺。

「你去醫院檢查過了嗎？」

「還沒。可是我用驗孕劑驗過了……你要看嗎？」

「不必了。」

從小琴的話中清楚了解，她並不打算生下來。只是，她狠不不心來瞞著男友去做人工流產，可是當面被男友說「去拿掉」會更難受。因此，她和我這個第三者套交情，想以「好不好」、「好啦」這種問答來省去不必要的麻煩。

吃完了冰淇淋，小琴還是動也不動坐在沙發上，害我連廁所也不敢去，氣氛相當凝重。我終於忍不住說：「好吧！我就去跟丸山見個面吧！」我想早點逃離這樣的氣氛。

「既然決定了，那就愈快愈好。肚子裡的寶寶是不等人的。」

我嘴上這麼說，但心裡在反省，既然拍胸脯答應，當然就得好好討論該談的問題。

小琴說：「沒、沒錯。」從沙發上站起來，衝進女生房，拿出寫有丸山行程表的筆記簿。

「這個嘛……如果是下週，就星期二晚上或星期四上午？」

小琴的語氣莫名奇妙變得很興奮，聽起來根本不像在決定何時去向對方宣告墮胎。

這幾年，事情總是轉到自己預期之外的方向去。說得更明白一點，有些事只是爲自己做的，卻不知怎麼轉啊轉的，竟被周遭的人誤會爲是體貼某人的行爲。例如，美旅提出要讓未來搬來這裡時，我其實只是自私地想：當時每晚必和美旅吵架，這種有如例行公事般的情況或許有未來當緩衝就能消失，便答應了。結果，美旅、未來都向Halcyon的老闆誇讚我度量大。把良介拉進這裡來的時候也一樣。從高中學弟梅崎那兒聽到有個正處於失戀期、若沒看好就會自殺的學弟，當時我便說：「那就帶他來我家吧！」但其實我是不懷好意的，因爲嫉妒美旅和未來每天生活得挺愉快，完全無視於我的存在，所以想在兩人中間安插個即將自殺的男子。可是這個隨時可能自殺的良介一到這裡生活之後，便完全恢復了元氣，連梅崎都佩服地表示：「眞不愧是學長！」至於同意小琴搬來住，只是因爲已經厭煩美旅離開以後家裡一片凌亂。小琴的確是個美人，但如果不是因爲她喜歡打掃，誰想和一個整天霸占客廳、等待男人打電話來的女人一起生活呢！

所有的一切，我只做對自己有利的事，但不知爲何，不管是小琴也好，良介、未來、小悟也罷，一旦遇上任何問題，他們都理所當然跑來找我商量。以今晚小琴這件事來說，即使商量之後，我也沒站在好友的角度去替她設想。可是，這樣放任的態度反而讓他們這些個性多少有點偏差的人感受到某種體貼，也無形中增添了我的價值。

從未釋放出善意，但不知何時開始，他們卻視我爲好大哥。如此任性自私的體貼竟然就滿足了他們，這些人在社會上究竟受到什麼樣的對待呢？想到這裡，便不禁擔心起來。不，也許就因爲我有這樣的想法，他們才會不斷向我求助吧！

5-4

好久沒有持續慢跑一週了。比起下班回來後再出去慢跑，清晨微涼時在街上奔馳，心情更爲愉快。良介只跟著跑了兩天，第三天再怎麼大聲吆喝，他也不願離開被窩。我反而愛上了這種感覺，讓體力不錯的身體適度感到疲倦。星期天，美旅又突然跑來住。她穿著完美襯托出乳房形狀的合身T恤及薄料的花長裙，這是她所有服裝中我最喜歡的搭配款式。

美旅品嚐著自己帶來的羊羹，誘惑我說：「喂，偶爾去哪個奇特場所『炒炒飯』如何？」

「奇特的場所，哪裡？良介的被窩嗎？」我開玩笑地說。

「饒了我吧，那全是口水的被窩誰要？」

「那是哪裡呢？你所說的奇特場所。」

兩人聊了一會兒，難得外出的小琴回來了。

三天前，我在惠比壽的小咖啡館見到了丸山友彥。儘管他的臉深埋在帽子裡，店裡三名服務生還是認出了他，要了簽名。他本人比電視上看起來年輕。我不喜歡藝人，也討厭拐彎抹角說話，而且他還要趕下一個工作，所以直截了當地表明來意。他靜靜說聲「知道了」，然後又說「嗯，請讓我想想」。「小琴並沒打算生喲」，雖然我沒說出這句鯁在喉頭的話，不過由於他的態度出乎意料地認真，我連「如果你說要拿掉，小琴說不定反而鬆口氣」也說不出口。

「一星期之內，我一定和她聯絡。」

丸山留下這麼一句話，便離開了咖啡館。如果他的答覆是「生下來」，小琴會怎麼做呢？如果後續的發展是這樣，反而令人擔心。這幾天應該就會有一通關鍵的電話打給小琴。

小琴從冰箱中取出富維克礦泉水，問她去哪兒了，她若無其事地說：「去投票。」

「投票？你已經把戶籍遷到這裡了嗎？」

「不，還沒。未來說她不去投，所以我代她去。」

小琴這麼說完，便消失在女生房裡。儘管等丸山的電話等得很累，但她竟沒發現自己已經犯下重大的違法行為。

這時，一旁的美旅驟然高聲大喊：「啊，我知道了。哪裡是奇特的場所！」

美旅帶我去的地方，竟然是附近設有投票所的小學。

「這裡？」

我不由自主地想打退堂鼓。「放心啦！我們悄悄溜進去。」美旅今晚顯得特別有自信，押著我跨過禁止進入的圍繩，溜進空無一人的校舍。既然溜了進來，的確也不會有任何人發現。躬身進入走廊，爬上往二樓的樓梯，最前面一間是四年一班的教室，我盡量不弄出聲響地慎重開門。在一片寂靜的教室，窗邊的駝色窗簾敞著，午後的陽光微微射入。久違的小學課桌椅看起來有如玩具一般。和美旅並肩坐在迷你的椅子上，她問：「喂，小學的時候，你是個怎樣的小孩？」

「沒什麼，就很普通的小孩啊！」我答道，伸手進桌子抽屜摸索，取出硬掉的麵包，一旁的美旅則翻開音樂課本。

我移往美旅前面的座位，扭過身來隔著迷你書桌親吻她的唇。「心撲通撲通跳個不停耶！」美旅說。我的確也心動不已。

雖然無法裸裎相見，但在小學教室中，我極盡意淫地揉捏美旅敞露在翻捲T恤外的雪白乳房。當我們糾纏的雙唇分開，美旅突然問：「喂，你還愛著我嗎？」

我想了一會兒回答說：「你硬要這麼想的話，我的確有些負擔……不過，應該還愛吧？」她哼笑了一聲，一副受夠了的模樣說：「你一點都沒變！」

「你說的一點都沒變，是什麼意思？」

「一點都沒變，就是一點都沒變呀！」

美旅邊說邊調整歪掉的胸罩。這時走廊傳來腳步聲，我們彼此屏住呼吸凝視著。腳步聲絲毫沒減緩地下了樓梯。

「對了，你有聽未來說嗎？」

「什麼事？」

「雖然我不知道她是不是認眞的，但她說要去夏威夷！」

「去夏威夷？跟誰？」

「不是去旅行，是去定居！」

「定居？」

「沒錯，可是正因爲是未來，所以不清楚她是不是認眞的。好像是和小悟在某家酒店喝酒的時候，認識了神戶某和菓子製造商的社長。說是要去那家公司在歐胡島的療養所，當那裡的管理人。」

「什麼！當管理人？」

「我也不清楚！不過，她有拿照片給我看，是相當豪華的美式公寓喲！」

「那是喝酒時胡扯的吧！」

「這個嘛，我也不是很清楚。」

邊聽美旅說，我站在小椅子上窺探走廊的動靜。長長的走廊上沒有任何人走動的跡象。如果仔細傾聽，似乎聽見孩童嬉鬧的餘音。

夜晚，和美旅外出用餐。邀請在客廳的小琴同行，但十點鐘有丸山演出的劇集，她很坦白地回絕。未來還沒下班，良介去打工，小悟還是一樣沒有音訊。

在站前新開的牛丼屋用完餐後，又到法國人開的酒吧小酌。微帶醉意回到家，已經過了十點，一進入客廳，沒想到丸山友彥一臉嚴肅地坐在那裡。美旅指著坐在沙發上的丸山本尊「啊！啊」驚叫，正好和電視上走過櫻花樹下的他動作一致。

我察覺屋裡氣氛不對，拉著美旅退到男生房。「小琴眞的和丸山友彥在交往啊！」美旅說著沒大腦的話，耳朵緊貼在門上。我有點粗魯地抓她的手臂說：「別這樣。」

好一陣子，只能聽見從客廳傳來的電視聲音。從上週播映的內容看來，丸山所飾演的青年和遭好友搶走戀人而大受打擊的江倉涼開始在一間舊公寓同居。「我看不下去了。我抱著你，你心裡卻還想著那個人。」從電視機的喇叭中傳出如此老套的對白，這聲音越過了他本尊所在的客廳，傳入了男生房。「好奇怪的感覺喔！」美旅說。「怎麼說？」我問。「總覺得好像在聽電視講話。」她笑說。事實上，的確如此，心想把電視關了不就行了。

只有在廣告時間聽得到小琴和丸山本尊的交談。雖然一再提醒美旅「別那樣」，她依然耳朵緊貼著門偷聽。

分析他倆在客廳的交談，原則上小琴是以「我不想讓你困擾」為理由，拒絕生下孩子，丸山則是以「沒那種事，一定能順利解決」的說法努力說服。說實話，他們似乎是在拚命尋求彼此對墮胎的一致看法。一般的情況通常是人氣偶像明星力勸女方「去拿掉」，而女影迷則一再懇求「讓我生下來吧」，因此很簡單就猜想到結果。可是目前的後續發展卻出乎人意料之外，人氣偶像明星拚命懇求「生下來吧」，女影迷卻一再說服對方「讓我拿掉」。

耳朵貼在門上偷聽兩人對話的美旅笑說：「完全跳脫一般的通俗劇耶！好像西班牙的晨間肥皂劇才有的劇情發展。」我雖然沒看過西班牙的晨間肥皂劇，但腦海裡卻浮現出阿莫多瓦的電影《葛洛莉亞的憂鬱》（¿Qué he hecho yo para merecer esto!¡），想起該導演接受某雜誌採訪時曾經說過：「充滿愉悅的臉孔與苦痛扭曲的臉孔是很相似的……於是我拍攝了這部彷彿佛朗哥政權完全不存在的電影。」

丸山在自己演出的連續劇結束時，對男生房裡的我和美旅說了聲「打擾了」便離開。據說，經紀人就在樓下等他。從隔了門所聽到的內容判斷，兩人的問題並沒有解決。

我不想出了客廳還得向小琴重提相同話題，所以留在房裡，換美旅出去。她先聲明「我不是刻意要偷聽哦」，然後以有點嚴苛的口氣對小琴說：「如果不盡早解決，寶寶可是不等人的！」小琴沉默不語，於是她又說：「讓丸山成為孩子的爸爸，不就可以高高興興、天長地久了嗎？」不愧是女性朋友，我說不出口的話，她竟說得一針見血。

這一晚，美旅沒有留宿直接回去了。喝得爛醉的未來回到家時，已過了深夜兩點，我察覺到她進了男生房開燈，但繼續裝睡，可是她拚命搖晃我的身體，拗不過只好勉強起身說：「幹什麼啦！」刺眼的白光令我不停眨眼。

「我和良介在下北澤的『布洛斯基』喝到剛剛喲！」

未來這麼說，我看了看地板。的確，良介的被褥還整齊地疊著。

「他跟貴和子在一起，那兩人好像交往得挺順利的。」

我只應了一聲「嗯」。

「小悟呢？已經搬出去了嗎？帶著行李搬出去了嗎？」

未來雖然這麼說，但我心想：小悟的行李有在這家裡出現過嗎？

「喂，那傢伙今晚睡在哪兒呢？」

「還不是睡朋友那兒！」

我沒好氣地回應，臉轉向牆壁。

未來完全不在乎地繼續說：「之前，小悟曾帶我去日比谷公園。大半夜裡，我們兩人悄悄溜進戶外音樂廣場。沒地方住的時候，那傢伙就睡在那裡。舞台四周並排著長椅，睡在那空曠的地方，眞是超冷的。夜晚的椅子冰冷刺骨。雖然在東京市中心，卻只聽得到遠處的車聲，冷冷清清的寂靜……那傢伙才十八歲，卻在那樣的地方迎接過無數個清晨。」

背對著聽未來描述，我想起還沒跟小悟說打工的事。之前要他幫忙貼試映會邀請函的收件人名條時，雖然對他表明工作結束了，他卻說「讓我再多幫點忙吧」。腦海裡浮現出他失敗了好多次、卻仍拚命操作影印機的側臉。

「很睏？」

未來的聲音聽起來有點寂寞。我回答說：「不，還好。」

「你仔細看過小悟在客廳沙發上的睡臉嗎？他只是個孩子！雖然還只是個孩子，卻沒睡覺的地方，只好睡在公園的長凳上。」

翻過身來，眼前出現未來的一張大臉，不由得相視了一會兒。我們倆陷入微妙的沉默中。

「喂，直輝！你認爲我是個討厭男生的女同志嗎？」

「幹麼突然提這個！」

「你不曾害怕過嗎……啊，有想過被我吻的滋味嗎？」

從鼻子呼出的氣息中，知道她喝了伏特加。

「要不要試試看！隔壁的算命師不是說你正在追求變化嗎？說不定明天開始就會有所改變嘍！」

「免了吧！我可不想這麼勉強改變。」

「什麼嘛！虧人家想幫你的忙。」

未來這麼說完，關了燈走出男生房。

「即使你擺脫了這世界，也不過是繞了一圈。你終究還是只擁有這世界……」

這是隔壁算命師所說的。

5-5

小琴打電話到公司找我。「剛剛小悟打電話來，他說會打去你那兒問打工的事，已經打了嗎？」她的聲音大得異常，忙碌的我沒好氣地回答：「不，還沒。」

「啊，這樣。那你還沒聽說嗎？」

「聽說什麼？」

「小悟現在寄住在哪裡。」

由於社長和百地已經前往坎城出差，一整天光是應付電話就夠忙了，所以我想快點掛電話。語氣生硬地問：「他睡在哪裡？」小琴有點鄭重其事似的笑說：「小悟他啊！每晚都睡在桃子的後座上呢！」

「不是睡朋友家嗎？」

「起初好像是這樣。可是他那個朋友是持有迷幻藥的現行犯，最近被逮補了。」

這時，其他線的電話響起。「啊，對不起。」道了個歉正想掛斷，小琴又說：「喂，今晚回來時順便去趟停車場，把小悟帶回來吧！」我回答「好，知道了。會過去看看」，便掛斷電話。不過，接起插畫家打來的電話，詳細討論廣告單的指定顏色後，我便把這件事忘得一乾二淨。

之後，電話不斷響起。不是商量媒體的試映會，就是出版社打來要正片，還有雜誌採訪的申請，印刷廠打來確定校樣……公司的四線電話只有我一人應付，漸漸地手的動作或說話語氣都變得機械化，全身莫名奇妙地亢奮。放下話筒的瞬間，其他電話像等在一旁似的立即響起。如果不伸手接起，滑稽的鈴聲便持續作響，另一線電話也立刻響起，兩支電話的鈴聲輪唱似的此起彼落。我不禁大吐了一口氣，笑意像要從肚子裡狂放出來。這瞬間打了個寒顫。我既不是在坎城採購影片，也不是在企畫會議上發表企畫案，只不過是在無人的小公司辦公桌上忙著應付電話，自己竟然還莫名感覺到一絲喜悅，不禁渾身打顫。

電話持續鳴響。對著電話小聲地罵一句「煩死了」，鈴聲頓時變得不眞實。再一次，我大聲吼著：「煩死了。」可是迴盪在狹窄辦公室裡的聲音聽起來像在呼喊著：好幸福啊！

好久沒有提早結束工作回家，良介與小琴有說有笑地並肩坐在客廳看電視。以爲他們又在看戀愛偶像劇，沒想到卻是NHK的紀錄片，描述松下電器幾年前買下MCA、又從好萊塢商業版圖撤守的來龍去脈。結果，我也擠進兩人之間看到最後。

節目結束後，走向男生房想換衣服，小琴在我身後簡短地說：「下星期二，我要去醫院。」我幾乎是反射地回答：「嗯！」本想就這樣進房，卻停下腳步，回過頭問：「去醫院？你要拿掉？」

小琴的臉朝著電視，用力點點頭。

「這樣好嗎？」

我望著小琴的後腦勺問。她回說：「嗯，謝謝。」真不知她爲什麼說謝謝，只不過，也許我沒必要再介入了。默默進了男生房脫下襯衫，換上運動衫，心想如果小琴是自己的妹妹，也是同樣的反應吧！不過，我立即糾正了自己的想法——不，小琴並不是我的妹妹。

男生房的燈快壞了，赤裸的上半身在忽明忽滅的白光下若隱若現地映現在窗玻璃上。盯著這影像一會兒，在那明暗交錯的分歧點似乎留下了一抹模糊不清的白影，令我想起小琴腹中尚未成形的胎兒，也想起她剛才沒回頭、朝電視機方向點頭的模樣。

關掉閃爍個不停的礙眼燈光，房間內變得一片漆黑，好似被窗外無邊無際的黑夜給呑沒了一般。不知自己呆立了多久，察覺時，客廳的燈光已流洩到腳邊。從門縫中露臉的小琴有點難爲情地看著呆立在漆黑房間裡的我。我連忙解釋：「燈快壞了。」爲了顯示此一證據，刻意去拉日光燈的拉繩。

我繫著運動衫的腰繩問：「有什麼事嗎？」由於待會兒她要和良介去借錄影帶，所以來問我最近有什麼值得推薦的片子。從玄關傳來良介的叫聲：「你在磨菇什麼啊？快走吧！」我回答說：「抱歉，想不出來。」推著小琴的背走回客廳。

他們倆去錄影帶店時，我關掉電視坐到沙發上，一屁股坐到良介忘了帶出門的鑰匙包。取出一看，黑色皮革的鑰匙包裡有五把鑰匙。一把是這間公寓大門的鑰匙；另一把應該是車鑰匙，其他三把用途不明。或許有一把是貴和子家的鑰匙，另一把則是他老家的。不過，我實在猜想不出第五把鑰匙是哪裡的。把鑰匙包往桌上一扔，五把鑰匙相互碰撞，製造出清脆的音響。

電視關掉了，掛鐘的秒針滴答聲聽得分外清楚。稍微移動身體，合成皮沙發便發出聲響。很久沒這樣一個人待在平時總有人在的客廳，覺得心靜不下來，於是從沙發站起來打開電視。腳步移往最近很少進去的女生房，不知爲何就是想進去看看。和美旅在的時候不一樣，未來挪動了床鋪的位置。打開燈，繞床邊走半圈；地板上整齊疊著小琴用的被褥，上面鋪了蠟染花紋的罩單，牆邊並排放著三個瓦楞箱。小琴的洋裝等等好像都裝在裡面。小琴只靠這些行李過活。伸腳推開瓦楞箱，箱子之間插了一張宅配送貨單。抽出來一看，每張單子上都以原子筆塡好送貨地址，寄往小琴的老家。從東京都的大垣內琴美寄給廣島縣的大垣內琴美，自己寄給自己的宅配。送貨單總共三張，裝有小琴生活用品的瓦楞箱也只有三個。

不可思議的是我沒湧現任何情緒。小琴或許要搬離這裡；小琴或許會不在。雖然有這種預感，卻對這樣的發展沒產生任何情感。仔細想想，說不定從當初小琴來這裡的時候開始，我就一直這麼認爲。雖然嘴上說：今天開始一起生活吧！其實同時也在說：那麼保重！再見！好像在開始的瞬間便已朝著結束的狀態前進……我不得不這麼想。說不定小琴來到這房子的那天便已經離開了這裡。或許這幾個月，我根本不是和可能要離開的小琴，而是和已經離開的小琴殘影一起愉快地生活。

不認爲小琴會機靈地幫我買新燈管回來，決定自己出門去買。打開大門時，隔壁402號房的房門也正好打開，那位算命師兩手提著垃圾袋走出來。雖然曾經照過幾次面，但從未交談過。由於四目正好交會，我出於禮貌道聲「午安」，算命師明顯地把臉背過去，不知爲何我卻向他道歉：「啊，對不起。」

他帶上門之後裡面傳出貓叫聲，而且不止一隻，五、六隻貓咪同時發出令人厭煩的叫聲，伸了爪子抓門。

不想和算命師同搭一部電梯，於是改走樓梯。到了一樓，電梯門正好打開，運氣眞背，又和算命師四目交會。這次換我先移開視線，但眼角餘光還是瞥見了他。再次轉過頭，他視而不見的感覺依然相當明顯。

走出公寓，趁著車潮的空隙穿越馬路，進入眼前的便利商店，買了兩根省電型日光燈管和一串略微發黑的香蕉。走出商店，打算再穿越馬路，一個穿西裝的男子從商店旁的防火梯走下來。便利商店的樓上，二樓和三樓是保險公司辦公室，四樓是針灸院，五樓是屋主的住家。在單純好奇心的驅使下，決定爬上那男人走下來的防火梯。

爬到四、五樓的樓梯間，隔著馬路，清楚看見對面就是我們的公寓。房間是長方形結構，不論是男生房的窗戶、客廳的窗戶，還是女生房的窗戶，一律面對馬路。每間房的燈都亮著，男生房的燈光還是一閃一滅。客廳的電視開著沒人看。微暗的女生房也沒拉上窗簾，連未來裝飾在牆上的插畫都看得一清二楚。

我把裝了兩根燈管和一串香蕉的塑膠袋擱在腳邊，下巴倚在鐵欄杆上眺望我們的房子。每個房間都沒人在。從外面觀看日常生活的房子有種奇怪的感覺。奇怪的並不是因爲沒有人在，而是我們竟然就生活在那裡面。我想看看這三個空蕩蕩的房間有人出入的情形。再等一會兒，說不定小琴和良介就會從錄影帶店回來。

倏地，不知爲何想起小悟。不記得是何時的事，兩人去站前拉麵店的時候吧！小悟端著盤子狼吞虎嚥，邊吃炒飯邊說：「有件事要拜託你。」我不置可否聽著，耳朵卻被吸引過去。

「我有個朋友叫做小誠，可不可以讓他進來一起住呢？」

聽小悟的意思，他已經和小琴談過，好像也問過良介、未來，據說三人都反對。因此，他希望能由我出面，再去拜託他們一次。我邊聽他說邊呼嚕吃著麵。小悟說完整件事的來龍去脈，我也把湯喝光了。放下碗抬頭即看見小悟直盯著我的目光，我不帶感情地說：「你有沒有搞錯啊？」那一瞬間，小悟的臉頓失血色。於是連忙改口說：「啊，不是，我的意思是已經沒睡覺的地方啦！」小悟說：「話是沒錯啦……」便沉默不語。

從防火梯的樓梯間望著我們空無一人的房間，我出神地回想起這件事。

怎麼等也不見良介和小琴回來，正想要放棄回去的時候，一輛深藍色ＢＭＷ在公寓前停了下來。從前座走下來的是美旅，那一瞬間我有點想從鐵欄杆探出身子出聲叫她，但美旅下車後繞到駕駛座旁，硬拉出一名陌生的男子。那個中年男子一副無精打采的模樣，看來應該是美旅那個名叫谷津的新男友。美旅拉著一臉厭煩的男人手臂走進公寓大門。本想要追上他們兩人，但心情一轉，反而想從這裡看兩人進入我們屋裡的狀況。

美旅的身影立即出現在客廳。她嘴巴微微動著，大概在呼喚站在大門口的男人吧！美旅打開男生房的房門，那一瞬間她從我的視野中消失，但立刻又出現在一閃一滅的燈光中。男方還沒有現身，美旅關掉閃爍的燈光，眼前明亮的三間房立即變成兩間。美旅走出男生房，經過客廳進入女生房。我試著向她招手，可是她並沒有往外看。

就在那時候，中年男子走進客廳，左顧右盼窺探四周，並往美旅招手的地方看，似乎在說「快點離開吧」。回到客廳的美旅像外國人似的聳聳肩，表示不置可否。兩人像是演技拙劣的默劇演員。這時，我望見那男人的正面長相，看起來並不怎樣。美旅硬是把他帶進女生房，不知是否在說「我曾在這裡住過」，並指出她之前擺床鋪的位置。中年男子開始轉來轉去觀看女生房牆上未來畫的插畫，他的眼神穿透了玻璃窗對上我的。那一瞬間，我察覺到我們的眼神都閃爍不定。見我沒打算轉移視線，他宛如沒看到我似的又把視線轉回到房間牆上，就這樣拉著美旅的手走到客廳。

之後，兩人坐在客廳的沙發上十幾分鐘。其間，男子起身好幾次，拉著美旅的手臂，除此以外的時間，兩人一直靠坐在沙發上。

望著兩人一動也不動的親密模樣，心生奇怪的念頭，胡亂想著美旅現在正住在晴海高樓大廈呢……說不定不只是美旅，生活在這公寓中的每一個人，其實都在其他地方有著各自的生活……就像美旅平常住在晴海的高樓大廈，說不定未來、小琴、良介、小悟也都在這公寓以外擁有自己的房間呢！因此，在眼前這棟公寓裡生活的人說不定只有我自己。現實中這根本是不可能的事，但這奇怪的念頭卻意外令我感到困惑。

未來還沒搬來之前，我和美旅的同居生活已經時有齟齬。想起美旅一再說過的話：「在這裡生活的就只有我和直輝兩人！可是，有時候，我感覺這裡好像還住著另一個陌生人。雖然我無法解釋得很清楚，但那一定是我和直輝、我們倆所生出來的怪獸！」

不過，美旅並沒言明「由於那隻怪獸的緣故，我們的關係變得很緊張」，只表示人與人一旦湊在一起，不管喜歡或不喜歡，都會生出這樣的怪獸，不是嗎？

在良介他們回來之前，美旅和那男人離開了屋子。我也隨著他們下了樓，這次是從一、二樓的樓梯間看到兩人走出公寓。谷津的臉在街燈的映照下顯得比剛才鮮明，但還是個不怎麼起眼的男人。

等他們的車子疾馳而去之後，我穿越馬路回到屋裡。打開客廳的窗戶，便與剛剛的樓梯間面對面。鐵欄杆下放著裝了兩根燈管與香蕉的塑膠袋。我「啐」了一聲，朝美旅他倆剛剛坐過的沙發側面踢過去。沙發中的三夾板「啪」一聲裂開。再踢一次，腳尖竟深陷在那裂縫中。

一打開窗，迎面拂來一陣雨的氣息。踏上陽台，抬頭仰望天空，萬里無雲，只有皎潔的明月。突然想起隔壁的算命師只在新月和滿月之際接待客人。潮濕的夜氣撫慰臉頰，從T恤的袖口逗弄腋下。一轉身，剛換過的日光燈眩目刺眼。

從陽台走回房間，換上適合慢跑的運動衫，離開客廳。出門借錄影帶的良介和小琴可能跑去卡拉OK還沒回來。也不見未來的蹤影，今晚可能又在哪裡喝酒吧！看牆上的時鐘，已經過了十一點。

在玄關繫牢鞋帶，想著今晚要往哪個方向跑步。可以從舊甲州街道往東，越過環八公路朝馬事公苑跑去；若是往北，穿過首都高速公路的高架橋下跑到井之頭公園附近也沒問題。

在玄關彈跳了幾下，大門外傳來良介與小琴的笑聲。打開門，走廊上的兩人同時往我的腳邊看，那一瞬間，不知爲何兩人同時流露出困惑的表情。

「你們倆眞慢耶！」

我招呼了一聲，小琴和良介卻同時回答。「現在去跑步？」「因爲回來時順便去吃自助餐。」話聲全軋在一塊兒了。良介手上拿著錄影帶店的提袋。「租了什麼片子？」聽我這麼問，良介笑著說：「祕密，祕密！」

「本想大家一起看的！」小琴意有所指。

「我要去跑步，沒辦法！」我回答。

「說的也是。」

小琴和良介走進來，我像被推出去似的往門外退。「你們到底借了什麼？」我又問了一次。小琴脫著鞋笑說：「成人錄影帶喲！」良介馬上跟著辯解：「不過，不是我要看的。是小琴說想借的。」

關上門，我經過走廊進了電梯，在裡面做屈膝動作，因身體下沉的重量，地板看似變大了。

在公寓入口處重新熱身。將耳機塞進耳朵，耳邊揚起卡拉絲演唱歌劇《安德烈謝尼耶》（Andrea Chénier）的〈他們殺了我媽媽〉（“La mamma morta”），我慢慢慢伸展腳後跟，按下倒帶鍵，深吸一口氣開始跑步。

從門口飛奔出去，沿舊甲州街道往前跑，雖然沒明確的目標，但腳步自然往左轉。跑在區隔車道與步道的白線上，一碰到電線杆，筆直的白線稍往車道方向扭曲凸出後，又再拉回成原來的直線。從站著說話的情侶和違規停車的車輛間跑過去，耳邊依然是卡拉絲心曠神怡的歌聲。聽著這首伯爵女兒請求免除死刑的不朽詠嘆調，一個人在夜晚街道上奔跑的心情其實不錯，有種逃離這世界的氣氛，腳步自然更加有力。配合著步伐，調整呼吸，左右腳蹬著地面大步往前邁進。一旦稍微越界跑到車道上，立即感覺背後有車燈逼近，然後車子一輛輛從旁擦身而過，越過跑步的我。原本以爲已經逃離了的世界，又再度追趕上我。左轉到松葉通，經過這條狹長道路便可到國道二十號線。

一旦跑起步來，眼前閃現的盡是不自然的事物，例如：有裂痕的步道圍籬、因車禍撞歪的護欄、斷了的鋼板、快故障的街燈、從步道圍籬間探出頭來的鮮豔繡球花。

跑到國道二十號線，人行道上的綠燈開始閃爍，我想賭賭運氣，加快腳步一口氣橫越三線道寬的國道。並排在停止線上的車燈烙印似的照在我的臉上，皮膚下的汗水一股腦兒往毛孔外飆出。踏上中央分隔島時，號誌燈變爲紅燈，我更全力衝刺越過剩餘刺眼的白色人行道。右腳跨上對街步道的瞬間，背後的車輛疾馳而過，有如剛走過的橋突然在背後崩塌了。

追過先前慢吞吞走過人行道的年輕情侶，從松葉通北上。隨身聽的音樂從〈哈瓦那〉切換成〈我想生活在夢中〉。只有在音樂稍歇時，才聽得到腳步硬邦邦蹬在地面的聲音；音樂播放時，反而感覺柏油路面變得奇妙地柔軟，就像踩在鬆軟的油氈布地板上跑步。我彷彿不是直接踩踏在大地上，而是跑在覆蓋著大地的皮膚上。

這時，眼前出現如幽谷般的陰暗。與國道二十號線在高井戶分離的首都高速公路高架橋跨架在夜空中，遮蔽橋下的道路。若方向往左，沿著無機質的水泥橋向前跑，就到了高架橋下。曾經在電視上見過阪神淡路大地震中高架橋坍塌的情景。抬頭往上瞧，橋上正有數百輛車子默默行走。

高架橋下幽暗的道路杳無人跡，空蕩蕩的柏油路上，唯有號誌燈由綠轉紅。粗壯柱子間設有圍籬，沐浴在街燈下的裸露水泥牆面顯得分外灰白亮眼。水泥牆上有黑漆的塗鴉，看不懂畫了些什麼，但塗鴉的技法拙劣。不記得何時曾經跑過這裡，正好有不良少年群集，殺氣騰騰地發出怪叫聲。今晚，不見他們的蹤影。

維持穩定步伐，繼續往前跑。跑了一會兒，聞到一股泥潮味，同時雨滴落在面頰上。不知何時，天空已經烏雲密布，像顏料混雜在一起般混濁。雨水打在裸露的手臂、耳朵上，雨絲在街燈的照射下有如小飛蟲四處紛飛。想起良介的車就停在不遠處，或許小悟正在那裡。

每跑離一盞街燈，腳下便產生一個鬱黑的影子。每往前踏一步，影子就往前方伸展，然後在接近下一盞街燈時隱約消失。試著轉身倒著往前跑，腳邊產生另一種影子，長長地往後延伸。

這一帶雖然是世田谷區，但還保有廣大的稻田。良介租借的停車位便在這些稻田中。踩著停車場上的小石頭，凹凸不平的觸感透過腳底傳上來，耳邊聽到的仍是卡拉絲的歌聲。

良介的車孤零零停在偌大的停車場角落。進入停車場後，我慢跑的速度減緩下來，調整氣息慢慢走起路來。停車場一片漆黑。走近車子，瞧見沿著擋風玻璃滑下的雨水。臉貼近駕駛座玻璃窗，窺看車內。後座上凌亂散著毛巾、枕頭、幾本漫畫書。臉貼著的玻璃窗上，因鼻息形成一層霧氣。手碰觸車身，也許是心理作用，覺得車身頗溫暖。這時，從頸子滑落的雨水慢慢流進背脊，令身體開始打顫。

想在雨下得更大之前跑回家。於是離開車子，從停車場慢跑出去。泥土的潮味變得更重。雨是不等人的。儘管耳邊聽著卡拉絲的歌聲，仍清楚聽到雨滴敲打地面的聲音。肩膀濕透了，身上T恤漸漸地變沉重，從髮間滴落的雨水沿著額頭流進眼睛，模糊了遙遠可見的號誌燈光。

回到高速公路的高架橋下，T恤已緊貼胸前、腹部，雨和汗水攙雜成的液體逐漸滲透褲頭的鬆緊帶。想要擦拭淋濕的臉龐，但手掌更濕。跑離高架橋下的途中，在中央分隔島上停下腳步避雨。手撐著生鏽的柵欄，彎腰調整呼吸。分不清是汗水還是雨水，從下巴尖端滴落到腳邊，弄濕了水泥磚，水泥磚裡凸出幾根生鏽的鐵條。遠方有輛車疾馳過來，車頭燈打亮了高架橋橋墩上的塗鴉，濺起水花後，從我眼前飛奔而去。

就在此時，約略聽到腳步聲。正巧音樂的曲目切換，自己紊亂的呼吸聲清晰可聞。一抬起頭，一個撐著紅傘的女子正慢慢走過人行道。那女子似乎還沒發現站在中央分隔島上的我，蹬著白色涼鞋、沒穿絲襪的一雙腳顯然沾了污泥。我抓起腳邊的水泥磚，隱身在柱子的陰暗處。急速奔跑過後，胃一陣痙攣，感覺想吐。女子的臉隱沒在紅傘下看不見。我從柱子陰暗處飛奔而出，只瞥見傘下女子的嘴角。不知爲何，她好像在笑。

連自己也不記得做了哪些動作。待發覺時，我已掩住女子的嘴，把她身軀壓在生鏽的欄杆上。聽不見女人的尖叫。拿水泥磚襲擊她的顏面時，手掌只感覺到磚塊反彈的力道。水泥磚敲進女子柔軟的顏面。我再一次舉起手臂，將水泥磚從女子的顏面拔起。女子張大的嘴中流出黑濁的黏液，彷彿上下排牙齒之間排列著另一排牙齒。女子的雙眼不知爲何變成了鬥雞眼。當我再次揮落水泥磚，耳機從耳朵裡掉出來。我連忙將垂掛在胸前的耳機塞回去。耳機一塞好，立刻又揮動手中的水泥磚。

我從跨騎著的女子身上猛然站起來，水泥磚不小心掉落在女子的胸前，並在她胸部彈跳了一下，就這樣咚一聲掉落在地上。女子的臉看起來好像沒有了下巴，只有黑色的血水泡沫偶爾從她嘴裡咕嘟冒出。想要就此離去的瞬間，女子的手微微顫動了一下。彎腰趨近一看，她正以大拇指按壓雨傘的開啓鈕。

這時，突然有人從背後抓住我的手腕。濕淋淋的，手腕一度鬆脫那人的掌握，但立刻又被抓住，而且強力拉起。由於反作用力，耳機又掉落下來，像鞭子似的抽打我的胸膛，大幅度晃盪了一下，然後無力地垂掛在腳邊。也許是因爲失去平衡，我踩到女子的腹部，腳底像是嵌入了什麼。一抬起頭來，站在那裡的是面色鐵青的小悟。黑傘開著就這麼掉到地上。分不清發抖的是自己？還是抓著我手腕的小悟。在這裡看到他，我全身發軟。就像有人故意搔癢似的，感覺非常舒服。

想要對站在面前的小悟說些什麼，卻慌張閉上嘴。不知爲何，我竟對他道了聲：「謝謝。」

這時小悟開口說「快點」，並用力拉著我的手腕。我再一次踩到女人的腹部。小悟更大力拉著我的手說：「快點！」我們從水泥柱的陰暗處離開了中央分隔島，小悟一直沒放手。我毫無抵抗地被他拖著跑，卻非常在意從耳裡掉落下來的耳機，好幾次想伸手塞回去。可是在跑步當中，耳機卻像尾巴似的垂掛著，怎麼抓也抓不住。

當小悟拉著我跑往良介停車的地方，我完全不記得自己在想什麼，或許只是一直在意那條拖得長長的耳機線而已。

一進入停車場，我們踩著濕淋淋的小石頭靠近良介的車。小悟硬是把慢吞吞的我押進副駕駛座，爲了不讓我逃出來，還特地鎖上車門，他自己繞往車頭前面，從駕駛座那一邊進入車內，用力鎖上駕駛座那側車門。外界的聲音阻隔在外，車內只聽得到拍打在車頂上的雨聲。不知是否這緣故，緊繃的氣息突然緩和下來。「嘖，都濕透了。」小悟說，轉身把濕答答的傘塞進後座。心想接下來終於要發生什麼了。儘管這麼想，心裡卻覺得挺暢快的。儘管有些失態，但看著小悟濕透的臉，我甚至浮現出一抹微笑，而且不知為何，竟發現自己非常不好意思。

「不要緊。誰都沒看到，我們來這裡的途中沒碰到任何人。」

在一旁脫掉濕透T恤的小悟這麼說。老實說，我根本搞不清楚他在說什麼。小悟從後座抽出大毛巾，先擦了擦自己的臉和胸部，然後將毛巾捲成一團遞給我。我知道自己該說些什麼，卻找不出適當的話，彷彿如果在這裡說了什麼，一切就會這樣結束了。

小悟從放在後座的提包中俐落地抽出乾淨的T恤，好像完全不在乎我所做的事。我似乎也習慣了自己被忽略，「喂」了一聲，抓住小悟的肩膀。

「你在做什麼呀！快把我送到警察局或哪裡都好。」

顫抖的喉嚨中，有股甜美的痛楚。

「你幹什麼呀！突然這樣，嚇死人了……」

被怒吼聲嚇到的小悟一臉困惑。我在等他的下一句話。等著他質問「爲什麼做那種事啊」，希望他給自己一個說明的機會。可是，小悟卻只是把T恤遞過來說：「快，換上！」看我愣在一旁，小悟手伸過來，想硬把我身上的T恤脫掉。

「住手！」我甩開他的手。儘管如此，小悟還是伸手過來說：「先別管那麼多，快換吧！」

「幹麼要換衣服！」我生氣地說。

「因爲那T恤上沾了血跡啦！」小悟說。

「那又怎樣！」

「這樣你怎麼回去！」

的確，我還是要回家的。被小悟帶著，推到大家面前。

小悟從我毫無抵抗的身體脫下濕透的T恤。由於被催促著要「快點」，因此我乖乖將小悟遞過來的T恤換上。T恤上有股乳臭未乾的氣息。對我而言，尺寸小了點。想像自己穿著這件T恤，被推到大家面前的悽慘模樣，但一想到自己可能叫囂著「你們沒資格責備我」，就覺得心情很爽。

「好了嗎？換好了嗎？」

小悟打開車門那瞬間，外界的聲音吞沒了車子。敲打石頭的雨聲，遠方天空爆出閃電。我將濕透的T恤塞進小悟遞過來的塑膠袋裡。由於太過用力擠壓，和著汗水、血水的液體弄濕了拳頭。

小悟撐著傘繞到副駕駛座旁，臉靠近車窗，看著把塑膠袋打結的我，隨後便打開車門，身子往後退，將黑傘移至我的頭上。

「不知大家是不是都到家了？」

夾雜著踩碎石的聲音，小悟的語氣聽起來太從容不迫了。我不發一語，從小悟手裡搶過雨傘。

和小悟並肩默默走了一會兒。不知為何，突然覺得十分無聊。覺得在雨中和小悟共撐一把雨傘回家，非常無聊。我只希望他能盡快把我扭送到大家面前。途中小悟說了好幾次：「不要緊！」但我心中的回答卻是「怎麼會不要緊呢！你難道沒瞧見那女人潰不成形的臉嗎？」。雖然明白小悟的眼光經常停駐在我身上，但我刻意迴避。不過，那個被水泥磚毀了容的女人臉孔只浮現在我眼前一會兒便消失了。或許她還沒被人發現，仍倚靠在高架橋下的欄杆上，以大拇指按壓著傘的開關鈕。

穿過住宅區的小巷，走其他路線來到國道二十號線。雨淋濕的柏油路上，車輛濺起水花疾馳而過。長長的人行道白線看來像是架於幽暗河流上的小橋。小悟往我後背猛然一推，我跨了出去。不知何時，號誌燈變為綠色。排列在停止線上的車頭燈照著我和小悟。雖然燈光照著，但那燈光只觸及到我們被雨淋濕的肌膚，卻射不進心坎裡。

「你打算怎麼對他們交代？」

我正要過人行步道。

「怎麼交代……沒什麼好交代的啊！」

聽到小悟的說辭，我不由得停下腳步，心想是不是聽錯了呢！由於我停下了腳步，撐著傘的小悟比我超前一步。他轉過身來，在雨中歪著頭看我。

「快點！」

他又抓起我的手腕。我甩開他的手，焦急地問：「你說沒什麼好交代，是什麼意思？」小悟盯著我的臉看了一會兒，然後有點嫌煩似的自言自語：「大家早就知道了，不是嗎？」

「早就知道了？」

我緊抓著小悟的肩膀，非常單薄的肩膀。「好痛啊！」小悟扭動著身體。

「大家是指誰？」

「大家就是大家呀！未來姊、良介哥、小琴姊都知道了，不是嗎？反正我也不是很清楚。我們又沒好好談過這件事。」

小悟非常不耐煩地回答，再次拉起我的手腕說：「快點！」

「等等！爲什麼大家都知道了，卻保持沉默？」

「我也不知道啦！」

「那你爲什麼也不吭一聲呢！」

「我哪知道啊！大家都沒說……而且我又很喜歡那裡啊！」

忽然想起今晚出門時正好從錄影帶店回來的良介和小琴的臉。兩人看見我所穿的慢跑鞋，不知爲何流露出有些困惑的表情；小悟從剛才就說了好幾次「不要緊」的聲音不斷在耳裡響起。我終於明白了什麼事情不要緊。

燈光照射到腳下濡濕的柏油路面，細長的小巷中竄出一輛披薩店的摩托車。車上騎士的紅制服、頭盔下的臉龐全濕透了。摩托車呼嘯過後，留下一股甜甜的起司香。

進入玄關後的右側是廁所，走過小通道往左是廚房，打開一旁的拉門就是男生房。男生房裡有高腳床，良介在地板上打地鋪睡覺。打開男生房的落地窗便可到陽台。陽台上總是曬著某人的衣物，雙槽式洗衣機中必定留下一隻某人的襪子。一走出男生房，那裡就是六坪大的客廳。南側是整面窗戶，由於下方是舊甲州街道，多少有惱人的噪音，但日照良好，天花板也夠高。經過客廳就是女生房，原本這個五坪的西式房間是我和美旅的寢室。只不過美旅搬出去之後，我沒再進過這女生房。居住的空間就這樣而已，既非足以令人自豪的摩登公寓，也不是令人不捨得離開的地方。若想要離開的話，隨時都能離去。我們五個人，就生活在這樣的公寓裡。

幾乎是跑著回到家。「等等我！」雖然聽到小悟的叫聲，但我未曾停下腳步。

不耐煩等電梯，直接跑上樓梯到四樓。調整呼吸後走進走廊，眼前一扇門打開了，探頭出來的是那位算命師，我們倆眼神交會，他不太自然地想起什麼似的很快關上大門。背後的電梯門打開，小悟來到走廊上。我頭也沒回地開了４０１號房的大門。這時客廳傳來未來「啊，回來了」的招呼聲。小悟推開在玄關蹲下、要解開濕答答鞋帶的我，先進到裡面。未來從客廳衝出來說「喲，你回來啦」，迎接許久不見的小悟。

「那件事差不多該平靜下來了吧？」

小悟這麼說完，邊走進客廳若無其事地問：「誰進去洗澡了？」由於小悟先進去的緣故，似乎有什麼脫了軌。抬起頭，笑嘻嘻的未來就站在眼前。

「快過來！」

未來硬拉起只脫了一隻鞋的我。我只好舉起單腳，把脫掉的濕鞋往玄關丟。

客廳裡有小琴在。桌上放了一只小鏡子，她拚命地在拔眉毛，和平常沒兩樣。在客廳入口扔下我跑向電視機的未來按了錄影機的播放鍵。

「你快看一下這個！」

眼睛望向未來所指的畫面，螢幕上出現正在口交的女人的臉，該是我出去慢跑前，良介和小琴借回來的成人錄影帶。

「你還記得吧？」未來問。

我杵在客廳的入口處，沉默地搖搖頭。

「就是之前在Halcyon向我潑水的女人，想起來了嗎？」

我注視著伸舌頭舔男人性器官的女人側臉。雖然記得未來在Halcyon被人潑過水，卻不記得潑水的那女人。未來雙臂交抱在胸前，瞪著我使眼色示意：「想起來了嗎？」我還是茫然地搖搖頭。

背後的浴室傳來小悟的詢問聲：「你剛進去嗎？」良介從裡面大聲回答：「不，快洗好了。」小悟從脫衣間走出來，不知為何，對杵在客廳入口處的我咧嘴微笑。小悟推開我，一屁股坐到拔眉毛的小琴身邊。從鏡前抬起頭來的小琴轉向小悟問：「如何？」

「右邊粗了一點。」聽小悟這麼說，小琴又再照鏡子。

站在兩人身旁的未來伸腳戳了戳小悟的背問：「喂，你覺得這女人是美女嗎？」小悟抬起頭看了看電視說：「不算是。你認識嗎？」

「我被這女人潑過水喲！」

「為什麼？」

「不知道啊！可能是結婚戒指惹的禍，因為她在店裡向人炫耀鑽戒，我教訓她說：『你可知道，為了這顆鑽戒要犧牲幾個非洲小孩嗎？』這女人竟大言不慚說我是在嫉妒。我氣不過，朝她臉上丟花生，她就潑水回敬我。」

「那你沒潑回去？」

「我當然想潑水回敬她，可是卻被現在杵在那兒的正人君子直輝給架開了。」

未來和小悟同時轉頭看我。腰纏著浴巾從浴室走出來的良介大叫著說「不好意思，借過」，經過時，濕答答的背撞到我的手臂。良介對小悟說：「你可以進去洗了。」一旁的小琴用手肘撞了一下小悟說：「我想先洗耶！」好像誰也不在乎我的事。這時，我深深感受到，他們眞的知道了。我眞的感受到，他們早已經知道了。

良介坐進沙發裡，敲小悟的頭問：「你這傢伙，書念得怎樣了？」一旁的小琴打了個哈欠，未來則拿著遙控器佇立在一旁，仍目不轉睛盯著電視。和以前完全一樣，若是我能主動跨出一步的話，或許這樣的同棲關係就結束了。

第一次攻擊陌生女人的夜晚，回到客廳，忙著打包的小琴問我：「喂，邀良介去伊豆高原玩的梅崎，是怎樣的一個人？」我盡可能假裝冷靜，只回答說：「是個好人喲！」第二次的夜晚，同樣回到這裡，一臉嚴肅的良介和未來問我：「今天早上睡在這沙發上的男子，是直輝你帶回來的嗎？」還好我能鎭定回答：「不是，不知道。」第三次的夜晚，我攻擊女人之後，在這客廳照顧喝得爛醉的未來。第四次的夜晚，我一夜無眠到天明，在客廳邀吃著鬆餅的小悟到公司打工。

了。

和以前一樣，若是自己能主動跨出一步，我們的同棲生活或許就能這樣結束了。

我還杵在客廳入口處，腦海裡浮現的是用水泥磚砸爛了的女人的臉。倒在昏暗高架橋下的女人或許還淋著雨。假如這世上有另一個東京，但那女人還躺在那裡的話，我一定立刻跑去救她。

眼前，笑聲不斷迴響。不知何時，電視畫面變成了扭腰跳舞的粉紅豹。這是未來的那捲寶貝錄影帶。像要遮蓋那些低級的強暴畫面似的，重複錄上了好幾隻粉紅豹……滿臉笑容的粉紅豹扭著腰、跳著舞在遊行。

坐在沙發上的良介、親密地坐在一起的小琴和小悟，及在電視機前的未來，都無視於我的存在，兀自歡笑。還未經裁判，也未獲原諒，我仍被迫歸零地站在入口。看來他們好像已經完全替代了我，懺悔、反省、謝罪過了。他們奪去了我的一切，甚至連辯解、懺悔、謝罪的權利也不給我。不知爲何，感覺自己被大家深深憎惡著。

吉田修一
Yoshida Shuichi
作品集2
同棲生活

國家圖書館出版品預行編目資料
同棲生活／吉田修一YOSHIDA SHUICHI；夏淑怡譯
.-初版.-台北市：麥田出版：家庭傳媒城邦分公司發行，2020.7
面； 公分.——（吉田修一作品集；2）
譯自：パレード
ISBN 978-986-344-767-2（平裝）
861.57　　109004988

ISBN 978-986-344-767-2

原著書名／パレード・翻譯／夏淑怡・原出版者／幻冬舍・作者／吉田修一・責任編輯／陳嫺若（初版）、阿髮（二版）、李培瑜（三版）・封面設計／蕭旭芳・排版／浩瀚電腦排版股份有限公司・副總編輯／巫維珍・編輯總監／劉麗眞・總經理／陳逸瑛・發行人／涂玉雲・出版／麥田出版・10483台北市中山區民生東路二段141號5樓・電話：(02)2500-7696・傳眞：(02)2500-1966・部落格：http://ryefield.pixnet.net・發行／英屬蓋曼群島商家庭傳媒股份有限公司城邦分公司・10483台北市中山區民生東路二段141號11樓・http://www.cite.com.tw・客服專線：(02)2500-7718; 2500-7719・24小時傳眞專線：(02)2500-1990・2500-1991・服務時間：週一至週五09:30-12:00; 13:30-17:00・劃撥帳號：19863813・戶名：書虫股份有限公司・讀者服務信箱：service@readingclub.com.tw・香港發行所／城邦（香港）出版集團有限公司・香港灣仔駱克道193號東超商業中心1樓・電話：+852-2508-6231・傳眞：+852-2578-9337・馬新發行所＝城邦（馬新）出版集團【Cite(M) Sdn. Bhd.】・41-3, Jalan Radin Anum, Bandar Baru Sri Petaling, 57000 Kuala Lumpur, Malaysia.・電話：+603-9056-3833・傳眞：+603-9057-6622・電郵：services@cite.com.my・印刷／前進彩藝有限公司・初版／2006年3月・三版／2020年7月・售價NT$320